Mareike Krügel

Bleib, wo du bist

Zu diesem Buch

Ein Spaziergang durch die sonnige Südtiroler Postkartenidylle wird zu einer gefährlichen Wanderung bis ans Ende der Nacht, ein Arbeitsausflug zu einer Flucht vor sich selbst: Matthias Harms, auf Zwangsneurosen spezialisierter Psychotherapeut, gerät auf einer Tagung in Meran durch scheinbar harmlose Begebenheiten unversehens an seine Grenzen. Ihn plagen Erinnerungen an seine viel zu früh verstorbene Schwester, ihre gemeinsame Kindheit im bedrückend strengen Elternhaus rückt ihm unerbittlich auf den Leib. Aus dem sonst so beherrschten Zuhörer, der mit seiner Frau, einer Sozialarbeiterin, und seinem besten Freund einen Club der Gutmenschen bildet, wird ein im Innersten erschütterter, verlorener Mensch, dem sämtliche Gewissheiten abhandenkommen.

Mareike Krügel, 1977 in Kiel geboren, lebt mit ihrer Familie bei Kappeln und publizierte bislang vier Romane, für die sie mit zahlreichen Stipendien und Preisen ausgezeichnet wurde. So erhielt sie u.a. den Förderpreis der Stadt Hamburg und den Friedrich-Hebbel-Preis. Zuletzt erschienen von ihr die Romane »Sieh mich an« und »Schwester«.

Mareike Krügel

Bleib, wo du bist

Roman

PIPER

Mehr über unsere Autorinnen, Autoren und Bücher:
www.piper.de

Wenn Ihnen dieser Roman gefallen hat, schreiben Sie uns unter Nennung des Titels »Bleib, wo du bist« an *empfehlungen@piper.de*, und wir empfehlen Ihnen gerne vergleichbare Bücher.

Von Mareike Krügel liegen im Piper Verlag vor:
Sieh mich an
Die Tochter meines Vaters
Schwester
Bleib, wo du bist

Für Jan

FSC
www.fsc.org
MIX
Papier aus verantwortungsvollen Quellen
FSC® C083411

Ungekürzte Taschenbuchausgabe
ISBN 978-3-492-31251-6
März 2021
Piper Verlag GmbH, München 2021

Lizenzausgabe mit freundlicher Genehmigung
Umschlaggestaltung: zero-media.net, München
Umschlagabbildung: Bridegman/Weiss, Marjorie
Satz: Fotosatz Amann, Memmingen
Gesetzt aus der Stempel Garamond
Druck und Bindung: CPI books GmbH
Printed in the EU

Bleib wo du bist

Erster Teil
Der Fisch im Wasser

I

Schon von Weitem fallen die Unmengen an Speck auf, in Streifen, Stücken und Scheiben auf den silbernen Vorlegeplatten des Büffets. Der ganze Saal ist in traniges Gelb getaucht, die tief hängenden Tiffanylampen brennen, obwohl es draußen noch gar nicht dunkel ist. Über der Tür das geschnitzte Holzschild mit der Aufschrift *Große Laugenspitze*, auf dem Fußboden ein burgunderfarbener Teppich, dunkelbraune Täfelung an den Wänden. Matthias Harms hat kurz das Gefühl, direkt in einen Albtraum hineinzuspazieren. Er wünschte, Günther wäre mitgekommen, wie er es vorhatte, der würde jetzt sicher eine richtig bissige Bemerkung zu der ganzen Szenerie machen und ihn damit aufmuntern. Die Zugfahrt von Hamburg war nicht gerade optimal verlaufen. Ein verpasster Anschluss wegen eines Schwindelanfalls auf der Bahnhofstoilette verlängerte die Fahrt unnötig, später ein ausgedehntes Herumstehen auf freier Strecke aufgrund eines Personenschadens, die Telefonverbindung war ständig unterbrochen, und ein Gespräch mit seiner Mutter konnte er beim besten Willen nicht zu Ende führen. Daran waren die Berge schuld, die Tunnel, das schlechte Wetter unterwegs. Immerhin war er rechtzeitig zur Eröffnungsveranstaltung im Hotel eingetroffen, nur hatte er eben noch keine Zeit gehabt, ein Bad zu nehmen und sich die Nacht im Zug abzuspülen wie ursprünglich geplant. Das Gute ist, dass er durch die längere Fahrt auch mehr arbeiten konnte. Außerdem scheint in Meran die Sonne, es ist unerwartet warm. Und schließlich hat er sich auf das Wochenende in den Bergen ja durchaus gefreut.

Ein Kollege, den er bereits von anderen Tagungen kennt, kommt auf ihn zu, Hermann Manfred, oder auch Manfred Hermann, er kann sich das einfach nicht merken. Der begrüßt ihn, als wären sie schon immer dicke Freunde gewesen, zieht ihn am Ärmel hinter sich her in den Saal, und Matthias ist zu gut erzogen, um sich dagegen zu wehren.

Hermann Manfred findet einen Tisch in einer Ecke für sie beide, und Matthias schiebt sich folgsam auf eine Holzbank mit losen Kissen, die sofort verrutschen. Nach und nach füllt sich der Saal.

Zu ihnen setzen sich drei weitere Herren, einer auf die Bank, zwei auf die Stühle, Vorstellen, Händeschütteln. Matthias hört Hermann Manfreds Namen in der richtigen Reihenfolge und vergisst sie sofort wieder, keiner von ihnen am Tisch trägt die Namensschilder, die im Zimmer bereitlagen. Dann sitzen sie alle da und warten, dass es losgeht, mit weit auseinander gestellten Beinen, verschränkten Armen, Kinn auf der Brust, wie Platzhirsche, und Matthias freut sich heimlich, als er sieht, dass die Kellnerin, die kommt, um Getränkebestellungen aufzunehmen, tatsächlich eine lederne Hirschapplikation auf ihrem Rock hat und Hornknöpfe an der

Bluse. Sie bestellen alle Bier. Der Programmpunkt dieses Abends heißt »Geselliges Beisammensein«.

Manfred Hermann dreht sich auf seinem Sitzkissen hin und her, späht an den anderen vorbei in den Saal und sagt: »Es sind ganz schön wenig Frauen hier.«

»Auf so einer Tagung hat man eben nichts zu suchen, wenn man mit seinen Patienten immer einer Meinung sein will«, sagt Matthias. Es soll ein Witz sein, aber die Platzhirsche nicken zustimmend. Daraufhin hält er lieber erst mal den Mund. Es ist zu warm, man kommt ins Schwitzen, der Lärm ist beträchtlich – offensichtlich ist ihr Tisch der einzige, an dem Schweigen herrscht. Das Bier kommt und sorgt für Beschäftigung. Auf den Gläsern sind Tannenbäume abgebildet.

Zur Erleichterung der geselligen Runde werden irgendwann die Ziehharmonikatüren zwischen Speisesaal und Lobby zugezogen, und jemand klopft an ein Glas. Ein Mann erhebt sich, er trägt eine Lodenjacke und hält eine kleine Eröffnungsrede. Matthias kennt ihn, sie haben miteinander telefoniert, Huber heißt er, und er leitet diese Tagung. Er grinst viel, während er spricht, fummelt sich im Gesicht herum und behält die ganze Zeit eine Hand in der Hosentasche. An der Sprachmelodie und den Konsonanten hört man deutlich, dass er aus der Gegend kommt. Er bittet darum, auch das Rahmenprogramm zu beachten, stellt besondere Gäste vor – für jeden Tag ist ein Mittagsredner eingeladen –, und alle Köpfe drehen sich, als er in Matthias' Richtung deutet. Nachdem er ein paar Veränderungen im Ablauf aufgezählt hat, macht er einen Witz –

Wie viele Psychologen braucht man, um eine Glühbirne einzudrehen? – und fordert zum Schluss alle auf, sich reichlich vom Speck zu bedienen, und für den Fall, dass er irgendjemandem noch nicht aufgefallen ist, wedelt er mit den Armen Richtung Büffet. Er nimmt sich sogar einen Moment, um dessen Herstellung zu erläutern: besonderes Räucherverfahren, Lufttrocknung, Edelschimmel, ganzer Schinken, heimisches Schwein. Es gibt Applaus, dann beginnt die Geselligkeit offiziell. Im Hintergrund dudelt Musik.

Matthias hat keinen rechten Appetit, aber die anderen sind bereits aufgestanden, um sich am Büffet anzustellen, und so allein am Tisch kommt er sich verloren vor. Mit einem Teller in der Hand geht er langsam an den Servierplatten vorbei, er hat keine Ahnung, was er sich nehmen soll. Speck ist eigentlich nichts für ihn, aber er nimmt sich pflichtschuldig ein paar grob heruntergesäbelte Scheiben; der Salat mit Gemüsestückchen und reichlich Mayonnaise besteht zu fünfzig Prozent aus Perlzwiebeln. Die Butterstücke, in Form von Kleeblättern ausgestanzt, kommen aus dem Tiefkühler und schwitzen Wasser aus. Die panierten Schnitzel sind natürlich längst kalt, die Salatkomponenten zum Selber-Zusammenstellen sind großenteils eingelegt und riechen säuerlich (grüne Bohnen, Krautsalat, rote Bete).

Am Ende hat er im Wesentlichen Brot auf seinem Teller, eine Scheibe von dem Mischbrot, das so groß ist wie ein Autoreifen, einen trockenen Fladen mit hubbeliger Oberfläche, von dem er hofft, er werde wie Knäckebrot schmecken, und eine Hälfte von einem flachen, runden Brot, das diverse Gewürze enthält. Er meint, es aus einem Urlaub seiner Kindheit zu kennen, den er mit seiner Familie hier verbracht hat. Er weiß noch, dass sein Vater damals bei einer Wanderung für alle drei Kinder mit seinem Filzhut Wasser schöpfte, als sie an einer Quelle Rast machten. Die Wanderung war mörderisch gewesen. Sonst erinnert er sich an fast nichts mehr. Das Ganze ist gut vierzig Jahre her.

Zum Essen sitzen wieder alle auf ihren Plätzen in der Ecke, die Kellnerin bringt eine neue Runde Bier, einer der Herren am Tisch deutet auf Matthias' Teller und sagt: »Das nenne ich eine ausgewogene Ernährung.«

Matthias schmunzelt freundlich und überlegt währenddessen, wie der Mann heißt. Er hat den Namen vorhin nicht verstanden, weil er so genuschelt wurde.

»Sie sind das also«, sagt ein anderer, der sich wenigstens verständlich als Geierhofer vorgestellt hat, ein Kollege aus Österreich mit einem bemerkenswert glatt rasierten Gesicht, das Hemd bis obenhin zugeknöpft, aber ohne Krawatte. »Der mit den Zwängen. Ich habe neulich diesen Aufsatz von Ihnen gelesen.«

»Wie schön«, sagt Matthias. Er hat Brot im Mund.

»Ist das dann auch morgen Ihr Thema? Beim Vortrag?«

»Welcher Aufsatz war es denn?«

Geierhofer sieht für einen Moment irritiert aus, dann zieht er den rechten Mundwinkel hoch – seine linke Gesichtshälfte bleibt den gesamten Abend über weitgehend unbewegt – und sagt: »Ganz ehrlich, ich kann mich nicht erinnern. Es kam eine Frau drin vor und eine Menge Abkürzungen.«

»Den hab ich auch gelesen«, sagt der Nuschelnde.

»Wo ist denn dann der Vortrag morgen?«, fragt Hermann Manfred.

Matthias überlegt. »Im großen Konferenzraum. Der heißt wie ein Pferd, glaube ich.«

»Hafling«, sagt der Nuschelnde.

»Das ist ein Pferd?«, sagt Geierhofer. »Für mich klingt das eher nach einem Hobbit.«

Danach geht das Gespräch leichter. Sie einigen sich alle bald auf das Du, wobei Geierhofer ihnen den Vornamen verschweigt, er ist ihm offensichtlich peinlich. Matthias' Vorsatz, nicht zu viel zu trinken, ist nach dem dritten Bier unwichtig geworden. Er braucht die Flüssigkeit, er hat viel zu wenig Butter und Aufschnitt für seinen Brotberg, und keines der Brote, die er sich geholt hat, ist auch nur annähernd als saftig zu bezeichnen.

Der Fünfte, der mit ihnen am Tisch sitzt, ist ruhig und zurückhaltend, jünger als sie alle, ein drahtiger, hoch gewachsener Mann mit blondem Schnurrbart (vermutlich schwul). Er heißt Thomas, hat ihnen aber angeboten, ihn Tommy zu nennen, er ist Schweizer, hat trotzdem kaum Akzent und wohnt in Köln, was Matthias nicht überrascht. Er tut alles erkennbar maßvoll: isst nicht zu viel und nicht zu schnell, hält sich länger als die anderen an seinem Bier auf. Er befindet sich in der Therapeuten-Ausbildung, kurz vor dem Abschluss. In einer Gesprächspause wendet er sich an Matthias: »Du bist also vollkommen spezialisiert auf Zwänge, wenn ich das richtig verstehe.«

»Das verstehst du richtig.«

»O Gott, wie anstrengend.« Thomas kichert etwas albern. »Ich hatte vor einiger Zeit einen Fall, da hab ich erst gar nicht gemerkt, dass das ein Zwängler ist, das war ziemlich schrecklich. Der hat die ganze Zeit mit mir diskutiert, und ich fürchte, er war einfach zu intelligent für mich.«

»Das kenne ich«, sagt Hermann Manfred.

Matthias lacht laut auf.

»Trotzdem – irgendwie hat es mich auch fasziniert«, sagt Thomas.

»Zwangspatienten sind eine Pest«, sagt Geierhofer.

»Jawohl«, sagt Hermann Manfred.

»Ich finde sie faszinierend«, sagt Thomas.

»Das wissen wir schon«, sagt Geierhofer.

Matthias senkt den Kopf, damit die anderen sein Grinsen nicht sehen. Dieser Geierhofer mit seinem halben Gesichtsausdruck gefällt ihm immer besser. Irgendwie verliert er den Faden, während die anderen sich über einen konkreten Fall unterhalten, den Fall des Schweizers. Das passiert Matthias normalerweise nicht. Aber ihm gegenüber sitzt Hermann Manfred und isst mit großem Appetit von dem Mayonnaise-Salat mit den Perlzwiebeln, schaufelt mechanisch die Scheußlichkeit in sich hinein und kaut mit mahlenden, von außen gut sichtbaren Bewegungen. Matthias kann seinen Blick nicht abwenden.

Auf einmal hört er Geierhofer laut sagen: »Wir werden die nächsten drei Tage hier nur über Zwänge reden. Wenn wir nicht jetzt auf der Stelle ein anderes Thema finden, gehe ich auf mein Zimmer und dusche mich mit Desinfektionsmittel.«

Die Kellnerin kommt mit einer neuen Runde. Matthias ist jetzt auch wieder bei der Sache. Wie es aussieht, hat er Glück mit seinen Tischgenossen, er hat das Gefühl, dass er an diesem Abend wahrscheinlich nicht mehr aufstehen und sich angenehmere Gesellschaft wird suchen müssen. Vorausgesetzt, niemand redet über Politik und Hermann Manfred holt sich keine zweite Portion Salat.

Der nuschelnde Mensch, der ziemlich dünnes Haar hat, abgesehen von einem etwas dichteren Büschel über der Stirn, und sich regelmäßig erst die Mundwinkel und dann die schwitzende Kopfhaut mit seiner Stoffserviette abtupft, kommt aus Bayern und erweist sich als ziemlich guter Witzeerzähler mit schier unerschöpflichem Repertoire. Leider geht manches davon in seinem Genuschel unter, aber Matthias amüsiert sich trotzdem, weil er schon die Art dieses Mannes, bereits vor den Pointen selber loszuplatzen, komisch findet.

Irgendwann, während die anderen gerade für einen Nachtisch anstehen, bleibt Matthias' Blick am Hintern der Kellnerin hängen, die sich soeben nach etwas bückt, und dabei fällt ihm Boxli ein, an den hat er seit Jahren nicht mehr gedacht. Als sich neben ihm der schnurrbärtige Thomas wieder auf die Bank fallen lässt und unentschlossen eine einsame Scheibe Früchtebrot auf einem Tellerchen anstarrt, bekommt Matthias plötzlich Lust, von ihm zu erzählen. »Ich hatte mal einen Hund, der war auch Schweizer. Ein Boxer«, sagt er.

»Ach so?«, fragt Thomas. »Und wieso war der Schweizer?«

»Er ist uns zugelaufen, als wir im Urlaub waren. Wir mussten ihn über die Grenze schmuggeln.«

»Wir hatten früher auch immer einen Hund, einen nach dem anderen, alles Mischlinge«, sagt Thomas. »Mein Lieblingshund hieß Bello. Ich hab das damals für einen originellen Namen gehalten.«

»Unserer hieß eigentlich Max, nach Max Schmeling. Aber weil er Schweizer war, hat meine Frau ihn immer Boxli genannt.«

»Und jetzt ist er tot?«

»Ja, schon lange. Wir haben uns danach keinen neuen mehr angeschafft. Wir mussten ihn einschläfern lassen.«

»Warum?«

Matthias entdeckt ein paar Krümel am Grund seines Bierglases, er schwenkt es hin und her, um zu gucken, ob sie sich womöglich auflösen. »Ich weiß es nicht mehr. Er war krank, nehme ich an.«

Thomas sagt: »Von unseren ist einmal einer totgefahren worden.«

»Jedenfalls musste es sein«, sagt Matthias und trinkt sein Glas in einem Zug leer, inklusive Krümel.

»Das war nicht mal eine viel befahrene Straße. Und dann auch noch Fahrerflucht. Ich habe einen dumpfen Aufprall gehört, da war ich gerade in der Küche, ich weiß das noch genau, und als ich rausging, um zu gucken, was da los war …«

»Hunde haben ja früher oder später immer irgendwas«, sagt Matthias.

Dann kehrt der Österreicher Geierhofer an den Tisch zurück, ebenfalls mit Früchtebrot, kurz darauf Hermann Manfred, der stolz seinen Teller mit einem zerlaufenen Häufchen Nachtisch vorzeigt und verkündet, er habe das letzte Tiramisù ergattert. Der nuschelnde Bayer bleibt verschollen, die Kellnerin kommt, um die leeren Gläser einzusammeln, sie bestellen eine weitere Runde, und Matthias verschiebt den Gedanken an Boxlis wackeliges Hinterteil in den Bereich seines Gehirns, der für die Archivierung sentimentaler Erinnerungen zuständig ist. Er schaut sich um, betrachtet die Tiffanylampen und beschließt, noch vor dem Schlafengehen sein verpasstes Bad nachzuholen. Er trinkt das frische Bier zügig.

Hermann Manfred klopft ihm mit dem Dessertlöffel auf den Handrücken. »Was ist denn eigentlich mit deinem Freund, Günther Soundso? Der hatte sich auch hier angemeldet, stimmt's? Und ihr kommt doch meistens zusammen.«

Matthias zieht seine Hand weg und wischt sie unauffällig am Tischtuch ab. »Er kann nicht, seine kleine Freundin hat ihn dabehalten, die ist schwanger und muss abends immer kotzen.«

»Abends?«, fragt Geierhofer.

»Also ich kotz lieber allein«, sagt Hermann Manfred.

In diesem Moment kommt der nuschelnde Bayer vorbeigerauscht, sein Gesicht ist voller roter Flecken, sein Blick hat etwas Irres. Er beugt sich zu Matthias herunter und flüstert ihm nicht gerade leise ins Ohr: »Siehst du die Frau dahinten? Ich glaube, die schleppt mich gerade ab. Die kenne ich von ›Borderline und neue Medien‹. Die nimmt immer gleich ein Doppelzimmer, wenn du weißt, was ich meine.«

»Die kenn ich auch«, sagt Geierhofer. »Und ich weiß, was du meinst.« Aber der Bayer ist bereits weg.

Matthias lacht. Er fängt an, sich richtig wohlzufühlen, und ist froh, dass er die Einladung zu dieser Tagung angenommen hat. Zum mindestens dritten Mal an diesem Abend hört er aus irgendeinem unsichtbaren Lautsprecher den »Anton aus Tirol«. Unwillkürlich summt er mit, hört aber gleich wieder auf, denn neben ihm beginnt Thomas zu singen, Geierhofer fällt ein, die beiden grölen immer lauter, schließlich stehen sie von ihren Plätzen auf, legen sich gegenseitig einen Arm um die Schulter und lehnen die Köpfe aneinander. »Unsre gigaschlanken Wadln san a Wahnsinn für die Madln …«, singen sie. Hinterher verbeugen sie sich, Geierhofer setzt sich, aber Thomas bleibt stehen und versucht sich am nächsten Lied. Offensichtlich kennt er es nicht, denn er improvisiert Text und Melodie. Am Ende entschließt er sich, seine Darbietung mit einem inbrünstigen, lang gehaltenen Opernarienton zu beenden, dabei breitet er seine Arme aus und wölbt die Brust, Matthias und die beiden anderen können sich kaum noch halten vor Lachen, Geierhofer kippelt gefährlich mit dem Stuhl und Hermann Manfred haut mit der flachen Hand vor Vergnügen auf die Tischplatte.

Später bestellen sie Grappa. Die Kellnerin schwitzt

und riecht nach Weichspüler, Matthias betrachtet den aufgenähten Hirsch an ihrem Rock und überlegt, ob Anke so etwas mögen würde. Ihm fällt ein, dass er vergessen hat, sie nach seiner Ankunft anzurufen, aber das macht nichts. Es ist nicht wichtig. Sie verstehen sich auch so. Und obwohl sie gestern etwas merkwürdig war und kaum geredet hat, so wird er sich davon jetzt ganz sicher nicht die Laune verderben lassen, es ist morgen noch früh genug, um miteinander zu sprechen und Sachen zu klären, und außerdem ist er jetzt gar nicht mehr in der Verfassung, er hat die Biere nicht gezählt.

2

Das Hotelzimmer ist nüchtern und nichtssagend, das ist ihm sehr recht. Es reicht, dass die Decke in der Lobby geschnitzte Balken hat und das Treppenhaus ein gedrechseltes Geländer. Es ist wahrscheinlich, dass er einen Teil der Nacht wachliegen wird, da ist ihm der Blick auf eine neutrale Zimmerdecke lieber. Ein Doppelbett, ein Sessel, Schreibtisch und Stuhl, ein Fernseher, dazu die Nachttische mit Bibel und Hotelprospekt, auf den Kissen Schokoladentaler als Betthupferl.

Auf einem Beistelltischchen, gegen eine Wasserflasche gelehnt, steht eine Begrüßungskarte vom Tagungsleiter Huber: *Willkommen in Meran. Ich freue mich, Sie als Gastredner gewonnen zu haben. Bitte sehen Sie die Pausen zwischen den für Sie relevanten Programm-*

punkten ruhig als Urlaub an und genießen Sie die gute Luft, die schöne Gegend und unseren herrlichen Speck.

Matthias braucht eine ganze Weile, um die Worte zu entziffern, sie hopsen immerzu auf und ab. Er ist deutlich angetrunken, aber er verträgt viel, das war schon immer so, und in solch einem Zustand ist ein Vollbad gerade richtig. Sein Tisch war der letzte im Speisesaal, der noch besetzt war, als er nach oben ging. Im Badezimmer dreht er den Hahn an der Wanne auf, und während das Wasser einläuft, durchwühlt er im Zimmer sein Gepäck.

Zwischen seiner Wechselwäsche findet er einen Apfel. Den muss Anke ihm in den Koffer gelegt haben, so etwas tut sie gelegentlich, sozusagen im Vorbeigehen, ein kleiner Gruß, der ihn daran erinnern soll, auf seine Gesundheit zu achten. Er legt ihn auf den Schreibtisch, fängt ihn gerade noch auf, als er über die Kante kullert, findet einen sicheren Platz für ihn im Aschenbecher, dann hängt er die Kleidung aus dem Koffer über die Stuhllehne, damit sie nicht knittert. Sie rutscht sofort wieder herunter und knüllt sich auf dem Fußboden zu einem Häufchen zusammen. Seinen Aktenkoffer mit dem Laptop, den Vortragsunterlagen und den Aufzeichnungen, die er in den kommenden Tagen für seine Arbeit brauchen wird, wuchtet er auf den Tisch und klappt ihn auf. Dabei gleiten die obersten Papierschichten heraus, und die Blätter verteilen sich überall. Als er versucht, sie zu sortieren, bemerkt er, dass die Zahlen unten an den Seiten alle gleich aussehen und die Überschriften einfach nicht stillhalten wollen. Er fegt alles mit der flachen Hand zusammen und lässt den verhexten Koffer in Ruhe. Seine Schuhe stellt er neben der Tür ab; als er das nächste Mal ins Bad geht, stolpert er darüber und hält sich an seiner Jacke fest. Dass das Aufhängebändchen einreißt, ist nicht zu überhören, immerhin bleibt die Jacke, wo sie ist, während die Schuhe mit Schwung über den Teppich rollen und der eine unter dem Bett verschwindet. So wird das nichts. Er muss eben morgen aufräumen, und hoffentlich wird das Zimmermädchen auch einen Teil übernehmen. Zu Hause macht Anke Ordnung. Und sie haben eine Putzfrau, die einmal die Woche kommt.

Im Badezimmer dampft es, Matthias kaut ein paar von den Würfeln aus dem Reformhaus, die er immer dabeihat, dann zieht er sich komplett aus und setzt sich aufs Klo. Während er dem Badewasser zusieht, das in die Wanne strömt, konzentriert er sich auf seinen Unterleib. Als er fertig ist, erfüllt ihn ein träges Wohlgefühl. Den Tipp mit den Reformhauswürfeln hat er von Ankes Kollegin, einer ihrer Mitarbeiterinnen aus der Mädchenzufluchtsstätte, die kennen sich mit solchen Sachen aus. Er investiert eine beachtliche Summe im Monat, um sich mit dem Zeug einzudecken, aber es ist jeden Cent wert, er hat seitdem überhaupt keine Probleme mehr. Er kann sogar kacken, wenn er es sich nur vornimmt. Anke lacht sich jedes Mal kaputt, wenn er dieses Wort benutzt, aber in den vielen Jahren, in denen er sich mit seiner Verdauung und ihren Launen herumgeschlagen hat, ist ihm kein besseres untergekommen. Es hat keinen Sinn, die Angelegenheit zu umschreiben, man kackt oder man kackt nicht, und wenn seine Frau das auch noch lustig findet, umso besser.

Das Wasser ist zu heiß. Er steht bis zu den Waden darin und tritt von einem Bein aufs andere, während er kaltes Wasser nachlaufen lässt. Er ist froh, dass ihn niemand so sieht, immer jeweils ein Bein in der Luft, dazu ein Gesichtsausdruck, dessen Lächerlichkeit er durchaus selber spüren kann, ohne ihn zu sehen (der Spiegel ist beschlagen). Irgendwann geht es, er lässt sich zentimeterweise ins Badewasser gleiten, verteilt das frische, kalte Wasser mit großen Handbewegungen, legt sich schließlich auf den Rücken und atmet hörbar aus.

Er stellt sich vor, er badet in einem natürlichen Felsenbecken, leise plätschert ein Wasserfall, Vögel tschilpen, Blätter rauschen, er befindet sich irgendwo in Mesopotamien oder in Afrika, oder noch besser: auf Island, in einer warmen Quelle (ohne den Schwefelgeruch), und er fühlt sich wohl, wohl und entspannt, nackt und betrunken, genau am richtigen Ort zur richtigen Zeit. Seine Knie ragen aus dem Wasser und werden kalt. Als er seine Beine streckt, stehen die Füße heraus. Dann bekommt er einen Schluckauf. Seufzend öffnet er die Augen, dann erhebt er sich schwerfällig, damit er an den Shampoo-Behälter kommt, der viel zu weit oben an der Wand angebracht ist.

Zurück im Wasser sitzt er aufrecht, schäumt sich die Haare ein, formt einen Hahnenkamm und summt ein Lied, das sein Vater oft singt und das er seit der Zugfahrt im Ohr hat: »Es ist einmal im Leben so, allen geht es ebenso …« Das natürliche Felsenbecken ist verschwunden, Matthias sitzt ziemlich zufrieden in einer guten Hotelbadewanne, Herr seiner Zeit und seiner selbst, er badet und hat seine Frau nicht angerufen und singt, weil es ihm einfach gerade so passt, und er freut sich, dass er singen darf, dass er mitten in der Nacht baden kann und niemandem Rechenschaft schuldig ist. Er weiß erst seit gestern, dass Günther Vater wird, aber plötzlich kann er es direkt vor sich sehen, wie der sich jetzt neben seiner kleinen Freundin im Bett herumwälzt, nachdem er ihr den ganzen Abend beim Kotzen assistiert hat. Mit nassen Händen sucht er in seiner am Boden liegenden Hose nach dem Mobiltelefon, schreibt eine SMS an Günther: *Bade besoffen in Meran. Und Du?*, aber das Gerät fällt ihm ins Wasser, bevor er sie abschicken kann, danach ist es erst mal aus, und er lässt lieber die Finger davon.

Als seine Haut schon ganz schrumpelig geworden ist und er merkt, dass er kurz davor ist wegzudösen, dreht er an der Abflussarmatur und hört zu, wie das Wasser gluckert und gurgelt. Während der Pegel langsam sinkt, fühlt es sich an, als würden ihm von oben Gewichte auf den Körper gelegt, als senke sich etwas auf ihn herab.

Bevor er sich schlafen legt, isst er beide Betthupferl auf.

3

Er schläft schlecht in dieser Nacht. Aber daran ist er gewöhnt, an endloses Starren an die Decke, an tiefes Atmen in den Bauchraum, damit die verdammten Augen wieder zufallen, er hat eine innere Liste von Themen, über die es sich lohnt nachzudenken. So kommt ihm die Zeit, in der er wenigstens seinem Körper etwas Ruhe verschafft, nicht so verschwendet vor. Nur ungern beschäftigt er sich nachts mit seinen Fällen, das macht ihn immer allzu wach, seine Füße werden unruhig, seine Kopfhaut fängt an zu jucken, dann ist ans Einschlafen meist nicht mehr zu denken. Aber er kann beispielsweise problemlos entspannt daliegen, während sein Gehirn quasi im Sparmodus Informationen für sein Buch zusammenfügt, vergleicht, sortiert, im Grunde das, was es im Schlaf ohnehin tun würde, er ist eben einfach nur wach und kann sich selbst dabei zuhören. Oft döst er dann für eine Weile wieder ein. Auf diese Weise ist er in den letzten Wochen gut vorangekommen. Es ist ein bescheidenes Buch, das sich mit dem Nachweis der neurologischen Wirksamkeit von Psychotherapien bei Zwangspatienten befasst. Wenig mehr als ein Teilchen im großen Puzzle der weltweiten Forschung. Seine bisherigen Veröffentlichungen allerdings haben ihm bereits Respekt in engeren Kreisen verschafft, man hat ihm Fördergelder bewilligt. Auch ein Verlag hat inzwischen Interesse gezeigt.

Die Sonne ist schon aufgegangen, als er nach einem letzten kurzen Tiefschlaf die Augen öffnet. Er merkt, dass er Kopfschmerzen hat. Auf dem Nachttisch findet er sein Mobiltelefon, es ist noch ausgeschaltet nach dem Badeunfall, aber als er es anmacht, leuchtet das Display wie gewohnt auf. Er fühlt sich nicht gut, wenn das Telefon aus ist, er muss erreichbar bleiben, selbst hier.

Die Kopfschmerzen ignoriert er, das ist ein gutes Rezept, einfach die Gedanken ablenken, am besten, man arbeitet. Aber als er aufsteht, wankt er, alles dreht sich, das ist nicht normal, er ist nicht der Typ für ausgeprägte Kater. Das Frühstück überspringt er lieber. Ihm ist nicht nach Essen zumute, in der Tat ist ihm sogar ein wenig flau, und im Notfall hat er einen Apfel, vielleicht kann er später in einer Arbeitspause in eine Bar gehen, wo es Espresso gibt (sehr magenfreundlich), er hat gestern eine gesehen, gleich gegenüber dem Hotelgelände. Es wäre etwas anderes, wenn Günther da wäre. Dann könnte er sicher sein, dass das Frühstück eine erfreuliche Angelegenheit wird, aber Hermann Manfred auf nüchternen Magen, das ist nichts für ihn. Er hat den ganzen Vormittag Zeit zum Arbeiten, seinen Vortrag soll er direkt nach dem Mittagessen halten, um zwanzig nach eins. Jeden Tag finden Arbeitsgruppen statt, dort kann er sich sehen lassen, wenn er möchte, am Samstagabend ist er für eine Podiumsdiskussion eingeplant (im Konferenzraum »Similaun«, komischerweise hat er sich das merken können).

Der Schwindel hat sich gelegt, als er vor dem großen Spiegel im Badezimmer steht und sich betrachtet, doch der Kopfschmerz ist noch da, er haucht gegen seine Handfläche und beschließt, dass Zähneputzen nicht zwingend notwendig ist, auch Waschen ist überflüssig. Er rollt sich Deo unter die Achseln, das muss reichen. Dann hört er sein Mobiltelefon klingeln, der übliche nervige Ton, den alle haben, dazu ein Rattern und Schnarren, weil das Gerät auf dem Nachttisch herumvibriert.

Es ist Herr Kahl.

Er ist der einzige Patient, der die Nummer, die Matthias für Notfälle herausgibt, auch wirklich benutzt. Die anderen kommen ohne seine Hilfe aus oder trauen sich nicht, Menschen mit Zwängen sind allgemein eher höflich und unaufdringlich, jedenfalls diejenigen, die zu ihm kommen. Es ist eine Binsenweisheit, dass Patienten oft überraschend gut zu ihren Therapeuten passen. Herr Kahl hat eine Sonderstellung bei ihm, immerhin profitiert Matthias enorm von seiner Kooperation, Herr Kahl ist seine persönliche Vorführgeschichte, achtzig Prozent des Vortrags, den er heute nach dem Mittagessen halten wird, bestehen aus seinem Fall und seinem Gehirn.

»Herr Kahl, was kann ich für Sie tun?«

»Es geht mir gut«, sagt Herr Kahl.

»Das freut mich sehr zu hören. Sie wissen, dass Sie mich auf einer Tagung erreichen?«

»Ich mache es kurz«, sagt Herr Kahl.

Herrn Kahl hat er seit gut vier Jahren. Mit manchen Patienten schließt er eine Art Vertrag. Er klärt sie zu Beginn der Therapie über seine Vorgehensweise auf, legt gemeinsam mit ihnen Ziele fest, schreibt auf, was er von ihnen erwartet, was sie von ihm erwarten können, all so etwas, und am Ende unterschreiben sie beide. Wenn es dann Krisen gibt, wenn die Patienten Angst bekommen, sich verweigern, misstrauisch werden, die Regeln vergessen, kann er auf den Vertrag verweisen. Bei anderen ist so etwas nicht nötig. Er hat ein Gespür dafür, wer einen Vertrag braucht und wer nicht.

Herr Kahl hat keinen Vertrag. Er war einer von den Verzweifelten, die zu Matthias kommen, weil niemand sonst ihnen helfen kann (Matthias hat eine gute Mischung aus Verzweifelten und Reichen, die seine Praxis am Laufen hält). Anfang vierzig, geschieden, arbeitsunfähig; seit fast zwanzig Jahren schlug sich Herr Kahl damals mit verschiedenen Zwängen herum, die mal stärker, mal schwächer ausgeprägt waren. Während er bis Mitte dreißig ein einigermaßen normales Leben hatte führen können, wurden seine Zwänge nach der Scheidung von seiner Frau so schlimm, dass er seine Arbeit aufgeben musste, mehrere Therapeuten verschliss und sich ein paar Mal stationär behandeln ließ. An ihm wurden alle bekannten Tricks angewandt, alle Medikamente ausprobiert, und irgendwann galt Herr Kahl als austherapiert. Keiner war darüber unglücklicher als er selbst.

Nicht, dass es immer leicht war mit Herrn Kahl, aber mangelnde Motivation konnte man ihm nie vorwerfen. Er versuchte stets mitzuziehen, auch wenn es anstrengend wurde. Dass es Rückschläge gab, dass die Stimmung in den Sitzungen gelegentlich aufgeladen war, dass Herr Kahl phasenweise dichtmachte, war normal und wenig überraschend. Einer von Matthias' Kollegen hatte die Behandlung von Zwangspatienten einmal mit einem Stellungskrieg verglichen, bei dem hinter jedem Durchbruch sofort eine neue Barrikade aufgebaut wird, Matthias kennt das seit fünfzehn Jahren.

Nachdem er bei Herrn Kahl mit der Behandlung begonnen hatte, konnten sie nach und nach die Zwänge besiegen, die Fortschritte sind inzwischen frappierend, und er ist besonders stolz auf diesen speziellen Fall. Außerdem erlaubt Herr Kahl bereitwillig, dass er ihn im Uni-Klinikum untersucht, um ihm bei seinen Forschungen weiterzuhelfen, stellt ihm seine Daten zur Verfügung, lässt sich durchleuchten und auswerten und ist einverstanden, dass Matthias über ihn schreibt, seine Geschichte in Vorträgen verwendet und Querschnittsbilder seines Gehirns in abgedunkelten Räumen an die Wand projeziert.

»Na dann schießen Sie mal los«, sagt er ins Telefon. Die Verbindung ist nicht gut, er muss es fest ans Ohr pressen.

»Ich möchte meine Termine absagen«, sagt Herr Kahl.

»Kein Problem. Müssen Sie dafür wirklich die Notfallnummer benutzen?« Matthias hat sich auf die Bettkante gesetzt. Er blickt an sich hinunter, sein Penis hat sich zwischen seine Oberschenkel gelegt und sieht aus, als hätte er es sehr gemütlich. Seine Fußnägel sollte er dringend schneiden, die Nägel an den beiden kleinen Zehen sind gelblich, so fängt es an mit dem Altern.

»Ich hatte das Bedürfnis, es nicht länger aufzuschieben, das Absagen«, sagt Herr Kahl.

»Natürlich.«

»Es ist auch ein Abschied für mich, und ich fühle mich etwas verunsichert, das muss man wohl als normal ansehen. Schließlich ist das ein großer Schritt für mich. Da dachte ich, es ist vielleicht angebracht, dass ich Sie gleich anrufe und es hinter mich bringe.«

»Ich bin nicht sicher, ob ich Sie verstehe«, sagt Matthias. Auf seinen Oberschenkeln entdeckt er rote Pünktchen, wie Pickel, er drückt daran herum. Bei dem Gedanken, dass er Pickel auf den Beinen haben könnte, muss er lächeln, wo hat man so etwas schon gehört; er sieht sich für einen Moment zu Hause in Hamburg unter der Dusche mit Ankes türkisfarbenem Peelinghandschuh daran herumreiben. Sein Kopf meldet einen kurzen, stechenden Schmerz.

»Nein?«, sagt Herr Kahl.

»Sie wollen die Therapie abbrechen?«

»Ich möchte sie beenden«, sagt Herr Kahl, und es klingt selbst durch dieses lächerlich winzige Telefon würdevoll.

»Sie wollen sie abbrechen«, sagt Matthias. »Zu Ende ist sie nämlich noch nicht.«

»Für mich schon.«

Matthias atmet tief ein und aus. Er kennt so etwas, jeder Therapeut kennt das. Man darf sich nicht wundern oder ärgern, man hat am Ende immer die besseren Argumente, und die besseren Argumente gewinnen, selbst bei Zwangspatienten, das ist ein ehernes Gesetz, da können die Füße noch so nervös zucken und die Kopfhaut kribbeln. Matthias kratzt sich mit der freien Hand auf dem Schädel herum, er hofft, dass man das Geräusch, das die Bewegung verursacht, durchs Telefon nicht identifizieren kann.

»Und was ist mit dem Rest?« Er riecht an seinen Fingerkuppen. »Sie sind noch nicht symptomfrei. Das wissen Sie doch auch.«

»Ich finde, das ist eine Definitionsfrage«, sagt Herr Kahl.

Matthias fühlt Gereiztheit in sich aufsteigen. Er versucht, gelassen zu bleiben. Sich auf den Fall einzustellen. Es gelingt ihm nicht in gewohnter Weise. Wahrscheinlich braucht er Zeit, er muss erst einmal richtig wach werden.

»Inwiefern?«, fragt er, obwohl er ahnt, was jetzt kommt.

»Ich denke«, sagt Herr Kahl, »dass das, was noch übrig ist, gut ist. Ich will es behalten.«

Herr Kahl hatte mit einfachen Putzritualen angefangen. Er fürchtete sich vor Staub und Elektrosmog, vor allem vor deren Kombination, die seiner Vorstellung nach dort entstand, wo Staub auf Elektrogeräten lag. Der kontaminierte Staub, dem es selbstverständlich ein Leichtes war, hierhin und dorthin zu fliegen und sich zu jedem beliebigen Zeitpunkt auf Herrn Kahl niederzulassen, war seiner Ansicht nach ein Hauptauslöser verschiedener Krebsarten. Er fürchtete sich derart panisch vor dieser Krankheit, dass er nicht einmal das Wort aussprechen konnte. Mit den Jahren waren nicht nur die Putzaktionen immer langwieriger geworden, auch das Wort »Krebs« kam ihm mehr und mehr in die Quere. In seinen schlimmsten Phasen musste Herr Kahl zahlreiche Wörter vermeiden, die mit K anfingen, die einsilbig waren – seinen eigenen Namen buchstabierte er, wenn es gar nicht anders ging. Das Ganze folgte keiner nachvollziehbaren Logik und schien ständig neuen Regeln unterworfen zu sein. Als ihm während der Scheidung seine Frau im Streit Verantwortungslosigkeit vorwarf und diese Eigenschaft auch als einen der Gründe angab für ihre Entscheidung, sein Kind nicht zu bekommen, stellte Herr Kahl mit Schrecken fest, dass sie Recht hatte. Er versuchte, verantwortungsvoller zu handeln, umsichtiger zu sein, und wie bei allem, was er besonders gut und richtig machen wollte, trieb sein Eifer bald die seltsamsten Blüten.

Bis heute kommt er zu beinahe jeder Sitzung zu spät, weil er Teile der Wegstrecke von seiner Wohnung zu Matthias' Praxis mehrmals ablaufen muss, denn er fürchtet, es könnte sich unbemerkt ein Autounfall ereignet haben, bei dem die Beteiligten seiner Hilfe bedürften. Er fährt schon lange nicht mehr selber Auto. Mit der S-Bahn kann Herr Kahl einigermaßen entspannt fahren, aber die Verbindung zur Praxis ist erstens ungünstig und zweitens könnten sich selbstverständlich auf der Strecke, die er üblicherweise zu Fuß geht, auch in seiner Abwesenheit schlimme Unfälle ereignen, und wer würde dann den Opfern zu Hilfe eilen? Herr Kahl ist überzeugt, dass die Hamburger allesamt ein Haufen Weggucker sind, die sich nicht für andere interessieren.

Innerhalb der Therapie hatten sie sich zunächst auf

die Beseitigung der Zwänge konzentriert, die Herrn Kahl das Leben besonders schwermachten. Seither hat er sich wieder einige Elektrogeräte anschaffen können und erträgt sie in seiner Wohnung, er kann Bekannte besuchen, ohne sich hinterher lange duschen zu müssen, er spricht normal und ohne über einzelne Wörter nachzudenken, liest auch wieder Illustrierte und Zeitungen ohne Angst vor medizinischen Meldungen und hat seit einem guten halben Jahr eine zaghafte romantische Beziehung mit einer Frau. Auch sein Gehirn hat sich verändert, die Zusammenarbeit von Frontallappen und Basalganglien hat sich allem Anschein nach neu eingespielt, die Überaktivitäten sind deutlich herunterreguliert. Sie können beide zufrieden sein, und Herr Kahl weiß, was er Matthias verdankt.

»Ich kann Sie zu nichts zwingen«, sagt Matthias und zieht seinen Trumpf, den Satz, der eigentlich immer funktioniert: »Ich möchte Ihnen nur helfen.«

»Das weiß ich«, antwortet Herr Kahl sanft, er klingt fast ein bisschen liebevoll, väterlich, als müsste er Matthias über einen beschämenden Irrtum aufklären. »Sie haben mir so viel geholfen. Ohne Sie wäre ich jetzt wahrscheinlich gar nicht mehr am Leben. Oder in der Geschlossenen. Aber verstehen Sie – jetzt geht es mir gut. Ich fühle mich wohl. Zum ersten Mal seit vielen, vielen Jahren. Alles ist gut geworden. Das haben Sie mir am Anfang versprochen, wissen Sie noch? Dass alles gut werden wird. Und jetzt ist es so weit. Ich brauche Sie nicht mehr. Ich kann Platz machen für einen anderen.«

Sehr bestimmt sagt Matthias: »Herr Kahl, Sie kommen regelmäßig zu spät in meine Praxis, weil Sie für den Weg zu mir bis zu anderthalb Stunden brauchen. Ich bin froh, dass Sie in diesem Augenblick sagen können, es gehe Ihnen gut, aber ich bin sicher, wir können Ihre Lebensqualität gravierend verbessern. Sie könnten wieder Auto fahren, Bus fahren, Ihre Zeit genau so nutzen, wie Sie es wollen.«

»Ich bin gerne an der frischen Luft«, sagt Herr Kahl. »Das Gehen tut mir gut.«

»Sie sind einem Zwang unterworfen.«

»Verstehen Sie, genau an diesem Punkt gehen unsere Meinungen auseinander«, sagt Herr Kahl, und Matthias schließt die Augen, hinter den Lidern tanzen bunte Lichter. »Ich denke, dass ich das Richtige tue, wenn ich genau hinschaue und da bin, wenn jemand Hilfe braucht. Die wenigsten Menschen in unserer Gesellschaft wollen Verantwortung übernehmen. Um ein Leben zu retten, ist ein kleiner Umweg doch nicht zu viel verlangt. Es macht mir nichts aus, die Wegstrecke zu kontrollieren – wenn es niemand sonst tut, dann nehme ich diese kleine Anstrengung gerne auf mich.«

»Was sagt denn Ihre Partnerin dazu?« Das ist kein elegantes Argument, aber Matthias' Kopf ist ziemlich leer im Augenblick.

Herr Kahl zögert einen Moment, dann klingt seine Stimme, als lächelte er leise: »Sie sagt, ich sei ein guter Mensch.«

Da weiß Matthias, dass er verloren hat.

4

Die Promenade ist sonnenbeschienen und frühlingshaft. Er hat es am Schreibtisch nicht ausgehalten. Schon nach kurzer Zeit fing er an, auf dem Stuhl herumzurutschen, wurde fahrig und unkonzentriert. Das Schreiben stockte, die Gedanken gingen ihm verloren; als er aufs Klo ging und zu kacken versuchte, gelang es ihm komischerweise nicht. Er kaute eine Handvoll von dem Reformhauszeug, aber das hatte keinen unmittelbaren Effekt, und die Arbeit ging danach auch nicht leichter. Er blätterte die Notizen für seinen Vortrag durch und hatte das Gefühl, kein Wort zu verstehen; er entschied dann, dass es sinnvoller sei, einen Spaziergang zu machen. Vielleicht etwas für Anke zu besorgen, als Dankeschön für den Apfel. Bei diesem schönen Wetter, in dieser schönen Urlaubsregion ist das schließlich etwas ganz Normales. Er ist auch nicht alleine, schon gar nicht auf der Promenade.

Hier ist es trotz der relativ frühen Uhrzeit voll. Die Sonne hat die Menschen herausgelockt, es ist auch nicht mehr lange bis Ostern, und die Stadt fängt an, sich mit Touristen zu füllen. Er vermutet, dass sie zu den Feiertagen in Scharen kommen, die Innenstadt verstopfen und die bequemeren Wanderwege bevölkern werden. Die Stadt hat sich aufrichtig bemüht, ihnen einen gebührenden Empfang zu bereiten. Die Blumenbeete um die Wasserspiele sind üppig bepflanzt mit Stiefmütterchen und Ranunkeln, dezent nach Farben sortiert, gleichzeitig bunt genug, um nicht allzu arrangiert auszusehen. Das hat sich verändert im Vergleich zu früher. Als er jünger war, galt es als Tugend, seine Beete so anzulegen, dass man ihnen die Arbeit ansah. Die Rabatten standen stramm, man war sich nicht zu schade, den Hecken Frisuren zu verpassen. Matthias mag die suggerierte Natürlichkeit von heute lieber, keine Frage, aber sie macht auch misstrauisch gegen Natürlichkeit an sich. Wer kann schon wissen, ob die Veilchen und Leberblümchen, die zwischen den Alleebäumen an den Ausfallstraßen stehen, nicht ebenfalls nur aufgrund der ausgeklügelten Planung eines Landschaftsarchitekten dort wachsen dürfen.

Wenn man den Blick hebt, kann man Berge sehen, wildes, zerklüftetes Felsgestein; in der anderen Richtung hängt ein freistehender Berg mit Schneekappe wie der Fuji über der Stadt. Matthias ist kein Experte für Naturerlebnisse. Es ist schön, so viel steht fest, oben die Berge, unten die Blumen, und er schlendert zum Holzgeländer, um sich den Fluss anzuschauen, dessen Name ihm momentan entfallen ist, obwohl er ihn gewusst hat, immerhin heißt die Promenade nach ihm.

Der Fluss ist breit, aber flach. Eher ein Gebirgsbach, klares Wasser läuft eilig über steinigen Grund, es bilden sich Strudel und Stromschnellen, das Sonnenlicht zersplittert an der unruhigen Oberfläche, trotzdem stellt Matthias sich das Wasser eiskalt vor. Es kommt von den Bergen herunter, wo noch Schnee liegt, gern würde er Schuhe und Strümpfe ausziehen und seine Füße in den Fluss halten, aber dazu müsste er irgendwie von dieser eingezäunten Promenade herunter, und am Ende käme dann womöglich eine Politesse, und er müsste ein Bußgeld zahlen.

Er steht herum und merkt, dass ihm unwohl ist, nicht nur im Magen. Dabei hat er sich gestern hier in Meran, auf dieser Tagung, in der ganzen Gesellschaft noch gefühlt wie ein Fisch im Wasser. Das ist Ankes Bezeichnung für ihn in solchen Situationen. Er sollte sie wirklich anrufen.

Es könnte an Herrn Kahl liegen. Und vielleicht auch daran, dass Günther Vater wird. In beiden Fällen handelt es sich, wenn man ehrlich zu sich selbst ist, um einen Abschied, und so etwas macht ihm immer zu schaffen, er kann das einfach nicht so gut. Möglicherweise ist das ein bisschen viel auf einmal, möglicherweise sogar für jeden, nicht nur für jemanden, der nicht so gut mit Abschieden kann. Es erklärt außerdem, weshalb er vorgestern im Nachtzug, während er in seiner kleinen Schlafkabine wach lag, dauernd an die Putzfrau denken musste, die bei ihnen in Hamburg seit zwölf Jahren das Haus in Schuss gehalten hat. Zum Anfang dieser Woche ist sie in den Ruhestand gegangen, seitdem putzt ihre Nichte bei ihnen, ein reibungsloser Wechsel, von dem Matthias eigentlich kaum etwas gemerkt hat. Er ist der jungen Frau einmal über den Weg gelaufen, als er am Dienstag früher aus der Praxis kam, das ist alles. Aber eine Ära ist zu Ende gegangen, ganz egal wie unmerklich. Frau Dobernik putzt nicht mehr für Anke und ihn, und so gesehen sind es also drei Abschiede, die seinem Körper zu schaffen machen. Das Beste ist, nicht daran zu denken, den Kopf auf die Arbeit auszurichten oder eben, wenn das mit der Arbeit nicht so klappt (wegen Kopfschmerzen oder Konzentrationsschwierigkeiten), sich an der Schönheit der Umgebung zu erfreuen, sich frische Luft und Sonne zu gönnen und inneren Frieden zu finden beim Anblick der Berge und ihrer schneebedeckten Kuppen. Was noch funktioniert: etwas kaufen. Zum Beispiel eine Sonnenbrille, die meisten Leute hier tragen Sonnenbrillen, manche Touristen essen schon Eis.

Das Licht ist sehr hell, obwohl die Sonne längst nicht ihre volle Kraft entfaltet hat, die Reflexionen auf dem Wasser blenden, außerdem mag er Sonnenbrillen, weil sie lässig aussehen. Er besitzt mehrere, vergisst nur immer, sie mitzunehmen, wenn er verreist. Bewusst langsam (er hat schließlich keine Eile) schlendert er zu einem Lädchen mit Souvenirs und Kinkerlitzchen und probiert einige Brillen an einem Drehständer. Der daran angebrachte Spiegel ist zu klein, man bekommt keinen guten Eindruck davon, ob einem eine Brille steht oder nicht. Er sucht sein Spiegelbild im Schaufenster. Sein Ebenbild schwebt als transparente Geistererscheinung über einer Auslage voller Wanderhüte, Wimpel, Räuchermännchen, Trachtenpuppen, Wollsocken und bestickter Bauernschürzen. Im zweiten Fenster befinden sich Postkartenleporellos, Landkarten, Bildbände. Einer steht aufgeklappt, er zeigt die Berge aus nächster Nähe, und die Fotos sehen wirklich atemberaubend aus. Matthias dreht sich um, schaut nach den Gipfeln. Als er erneut ins Schaufenster blickt, sieht er sich selbst, einen guterhaltenen Mann um die fünfzig mit Sonnenbrille und etwas zerdrücktem, aber ziemlich vollem Haar, in Hemd und Hose, die Jacke über dem Arm. Direkt hinter seinem Spiegelbild steht ein weiterer Fotoband, auf dessen Titel Ötzi abgebildet ist. Die beiden Bilder überlagern sich, und unwillkürlich tritt Matthias einen Schritt zur Seite. Er besieht sich die Mumie genauer, die leeren Augenhöhlen, die ledrige Haut, und er fühlt sich an jemanden erinnert, ihm fällt bloß nicht ein, an wen. Nachher, wenn er Anke anruft, wird er ihr von seinem Spiegelbild über dem Ötzifoto erzählen, und bestimmt wird sie es witzig finden.

Am Ende entscheidet er sich für eine mittelgroße, klassische Brille mit randlosen Gläsern. Er setzt sie auf, und augenblicklich wirkt der ganze warme Frühlingstag um ihn herum kühler, die bläuliche Färbung vertieft das Grau der Berge und die wenigen Wolken am Himmel setzen sich deutlicher ab. Im Laden bezahlt er die Brille und behält sie gleich auf.

Er geht weiter, schaut den Wasserspielen zu, an denen Kinder voller Begeisterung Hände und Zungen in die Fontänen halten oder Blüten abrupfen, um sie in den Becken schwimmen zu lassen. Vor ihm flattern Tauben auf, andere laufen davon, sie torkeln und staksen eifrig in alle Richtungen, lassen die Eiswaffel liegen, an der sie zugange waren, um sich sofort daraufzustürzen, nachdem er vorbeigegangen ist. Mitten auf der Promenade bleibt er stehen – die Leute müssen um ihn herumgehen – und legt seinen Kopf in den Nacken. Er betrachtet die Wolken, nimmt dann, ohne den Blick zu wenden, die Sonnenbrille ab, setzt sie wieder auf, nimmt sie wieder ab und beobachtet, wie sich dabei die Kontraste verändern. Als er seinen Kopf senkt, ist ihm etwas schwummerig. Er muss einen Moment stehen bleiben und seine Augen auf die kürzere Distanz einstellen, bevor er weitergehen kann.

Gut zwanzig oder dreißig Meter von ihm entfernt steht ein Kind, ebenfalls mitten im Weg, und weint stumm. Die Passanten sehen es an, ein Mann fragt etwas, aber da das Kind nicht reagiert, geht er achselzuckend weiter. Matthias verfolgt es mit den Augen, als es sich plötzlich in Bewegung setzt, einige Schritte läuft und dabei fast stolpert, immer wieder hochblickt in die Gesichter der Menschen, sich umdreht und in die andere Richtung hastet. Jetzt kommt es direkt auf ihn zu.

Er müsste lediglich einen Schritt zur Seite machen, um den Zusammenstoß zu verhindern, aber er tut es nicht. Das Kind prallt gegen seine Beine, sieht zu ihm auf und wendet sich voller Panik ab. Er bückt sich und hält es fest.

»Was ist denn?«, fragt er freundlich. »Was hast du denn?«

Das Kind schluchzt theatralisch, aber es scheint kurz davor, mit dem Heulen aufzuhören.

»Suchst du deine Mama?«

Das Kind verzieht das Gesicht, als hätte es in eine Zitrone gebissen.

»Nicht weinen«, sagt Matthias schnell. »Ich helfe dir.«

5

Das Kind spricht nicht. Es hat aufgehört zu heulen, sitzt mit geradem Rücken und baumelnden Beinen neben Matthias auf einer Bank und starrt geradeaus. Anscheinend hat es ihn also verstanden. Das kann man ja nicht wissen, immerhin sprechen hier viele Italienisch, und nur weil ein Kind blond ist, muss es noch lange nicht zum deutschsprachigen Teil der Bevölkerung gehören. Anke hat in ihrer Zufluchtsstätte immer wieder blonde, blauäugige Türkinnen.

Das Kind wartet, und er wartet mit. Er fragt sich, ob es unterhalten werden will. Dass es selbst nicht spricht, heißt ja nicht, dass es keinen Wert auf Konversation legt. Er könnte eine Geschichte erzählen, ihnen beiden die Zeit vertreiben, aber was für Geschichten kennt er schon. Patientengeschichten, den lustigen Alltag der Zwangsneurose. Vielleicht kann er das Kind zum Reden bringen. Das würde ihm auch bei der Entscheidung helfen, ob es sich um einen Jungen oder ein Mädchen handelt.

»Wie heißt du denn?«, fragt er und unterdrückt ein Grinsen über den onkelhaften Tonfall in seiner Stimme. Keine Antwort, konzentriertes Geradeausstarren.

Er war sich zunächst nicht sicher gewesen, was er tun sollte. Er hockte sich hin, um mit dem Kind auf Augenhöhe zu sein, nahm seine Sonnenbrille ab, stellte ihm Fragen, auf die keine Antworten kamen, und schlug schließlich vor, sich mit ihm auf eine Bank zu setzen und auf die Mutter (oder eine vergleichbare Bezugsperson) zu warten. Das immerhin erinnert er aus seiner eigenen Kindheit: Es hat wenig Sinn, selbst nach den Eltern zu suchen, wenn man sie verloren hat. Am besten, man bleibt, wo man ist.

Sein Bruder Klaus ist als Kind einmal in der Lübecker Innenstadt abhandengekommen, sie suchten zwei Stunden lang nach ihm, und er suchte die ganze Zeit ebenfalls. Als sie später die Vorgänge rekonstruierten (nachdem Klaus sich von den Folgen erholt hatte), stellten sie fest, dass sie mehrmals dicht aneinander vorbeigelaufen sein mussten.

Es kommt kein Gespräch zustande, das Kind bleibt stur. Matthias streckt die Beine. Er tut hier genau das Richtige, er passt auf, dass dem oder der Kleinen nichts zustößt, während irgendwo in der Nähe eine Mutter sucht und früher oder später in den Dunstkreis dieser Bank gelangen wird. Er muss nicht der beste Freund dieses Kindes werden, es reicht, wenn er es rettet. Er hat außerdem nichts anderes zu tun, nach Frühstück ist ihm noch immer nicht zumute, obwohl es dem Magen langsam besser zu gehen scheint, und es gibt schlechtere Orte, an denen man sich an einem Freitagmorgen aufhalten kann als die Promenade von Meran im Sonnenschein auf einer Bank neben einem anderen Menschen. Er beschließt, dass das Kind ganz sicher ein Junge ist; er entscheidet sich nach dem Prinzip der Wahrscheinlichkeit, es gibt mehr Indizien für männliches Geschlecht als für weibliches (kurze Haare, sportliche, praktische Kleidung, Schweigsamkeit, Dickköpfigkeit, rasches Einstellen unnötiger Emotionsäußerungen), und so sitzen sie hier also, zwei Typen, denen das Leben zufällig eine gemeinsame Verschnaufpause gönnt, und starren geradeaus.

Darf man einem fremden Kind ein Eis kaufen? Sie befinden sich in Sichtweite eines Eispavillons, und abgesehen von einem Gesprächsthema und einer zwischenmenschlichen Annäherung würde es ihnen etwas zu tun geben. Aber er entscheidet sich dagegen. Man muss vorsichtig sein als Mann, besser, man sitzt einfach neben dem Kind und schaut vor sich hin, es ist ratsam, nichts zu tun, was jemanden dazu verführen könnte, über seine Absichten zu spekulieren. Alles, was nach Bestechung aussieht, muss vermieden werden. Das ist nicht so einfach. Im Grunde scheint jeder Umgang mit Kindern auf Bestechung zu basieren.

Anke mag Kinder, sie versteht sich auch ganz gut mit ihnen. Ihm selber fehlt einfach die Erfahrung – auch in ihrem Bekanntenkreis gibt es hauptsächlich kinderlose Paare. Es ist nicht so, dass sie die Familie als Institution ablehnen oder irgendwelche Vorbehalte haben, jeder soll schließlich glücklich werden, wie er will, und wenn die Menschen sich Kinder wünschen, bitte. Aber sie passen eben nicht zu jeder Art Leben, nicht zu jeder Person oder Paarkonstellation, sie passen nicht einmal zu jeder Art Haus.

Als sie sich für das rosa Haus in Hamburg-Rahlstedt entschieden, war die Kinderfrage zwischen ihnen bereits geklärt. Sie kauften es, weil Anke sich in das alte Ding verliebt hatte. Im Übrigen sieht es bei hellem Licht nicht rosa, sondern eher grau aus. Es hat viele

Treppen, schon allein deshalb wäre es für Kinder ungeeignet. Und dann ist es hellhörig. Für Anke und ihn ist das praktisch, sie können sich im gesamten Haus durch einfaches Rufen verständigen, es gibt besonders auf den Treppen eine ausgezeichnete Akustik; sie nutzen das häufig, es füllt die Räume in gewisser Weise mit Leben. Sie haben viel zu viele Zimmer. Kinder hingegen produzieren eine andere Art von Lärm, eine rappelige, unruhige, unkontrollierbare Geräuschkulisse, die einen um den Verstand bringen kann. Und wie soll man arbeiten, wenn ständig jemand im Haus herumtobt.

Denn wenn man ernsthaft einen Beruf ausübt und nicht vorhat, Abstriche bei der Karriere zu machen, dann erübrigt sich die Entscheidung für oder gegen Kinder ohnehin, es sei denn, man schickt sie irgendwann aufs Internat; aber wenn man Psychologe ist oder in einer Zufluchtsstätte für Mädchen arbeitet, kommt so etwas nicht in Frage – da hat man es ständig mit Leuten zu tun, die nur deshalb Probleme haben, weil ihre Eltern während der Kindheit nicht greifbar waren. Entweder man macht die Sache richtig oder man lässt sie sein.

Der Junge neben ihm ist noch nicht alt genug fürs Internat, aber möglicherweise geht er in einen Kindergarten. Wenn man annimmt, dass er vier Jahre alt ist (schwer einzuschätzen so etwas), dann ist er vor knapp fünf Jahren gezeugt worden. Da ist es für Anke schon zu spät gewesen. Natürlich nicht für Matthias. Das sieht man ja an Günther, im Grunde sind solche kleinen Lebensveränderungen jederzeit drin für einen Mann, so alt ist Matthias ja gar nicht, er hat immerhin noch einige gute Jahre vor sich. Ein Kind könnte er jedenfalls noch heranwachsen sehen, ihm wahrscheinlich auch das Studium komplett finanzieren und es möglicherweise sogar bis zu einem Enkelkind schaffen, wenn sich nicht alle so viel Zeit ließen wie er selbst. Andererseits, wenn er zu einem vernünftigen Zeitpunkt eine Familie gegründet hätte, dann wäre jetzt der Moment gekommen, in dem Anke und er ein neues Leben beginnen könnten oder vielleicht ein altes wieder aufnehmen, weil die Kinder endlich auf eigenen Füßen stünden und aus dem Haus wären (vielleicht nicht für immer, man hört davon, dass erwachsene Kinder erneut bei ihren Eltern einziehen, wenn das Leben ihnen mal einen kleinen Dämpfer verpasst). Einundfünfzig ist ein merkwürdiges Alter, wenn man es unter diesem Aspekt betrachtet: der letzte Moment, um noch Vater zu werden, ohne den Nachwuchs mit gewisser Wahrscheinlichkeit bereits während der Pubertät zur Halbwaise zu machen, oder – unter anderen Vorzeichen – ein Meilenstein in der Familiengeschichte, eine Zeit, in der man seinen Kindern beim In-die-Welt-Hinausziehen zusehen, seinen Partner wiederentdecken und seine Ehe neu definieren kann. Wäre dieser kleine Junge neben ihm auf der Bank sein Sohn, könnte er ihm jedenfalls auf der Stelle ein Eis kaufen. Er hat noch nie in seinem Leben so lange neben einem Kind gesessen.

Er betrachtet den Jungen unauffällig von der Seite. Nach einer Weile beginnen seine Augäpfel davon zu schmerzen. Die Mutter kommt nicht, das Kind spricht nicht, man kann kein Eis kaufen, die Sonne wird wärmer, so dass er sie auf dem Schädel spürt, und er will seine Sonnenbrille nicht wieder aufsetzen, denn das könnte den Jungen erschrecken. Er schaut geradeaus, dann auf seine Schuhe, dann geradeaus. Er vertreibt sich einige Minuten die Zeit damit, dass er versucht zu erraten, welche Nationalität die vorübergehenden Touristen haben, aber bei allen entscheidet er sich für deutsch.

Was geht in dem Jungen vor? Unmöglich, sich in ihn hineinzuversetzen. Sein Gehirn ist gar nicht fertig, seine ganze Persönlichkeit ist eine vollkommen unsichere Angelegenheit. Wie lange sie jetzt schon nebeneinander sitzen, weiß Matthias nicht. Er blickt mehrmals auf seine Armbanduhr, und erst beim dritten Mal fällt ihm auf, dass die Zeiger stehen geblieben sind. Er hört Glocken läuten, versäumt es aber, die Schläge mitzuzählen. Sein Telefon, das ebenfalls die Zeit anzeigt, steckt in seiner Jackentasche, es ist ihm zu umständlich, es hervorzuholen.

Vor seinen Füßen tappen ein paar Tauben herum. Sie trauen sich nahe heran, picken Krümel auf, machen einige hektische Schritte auf seine Schuhe zu, dabei die typische Kopfbewegung, und sind nach kurzer Zeit genauso langweilig zu beobachten wie die flanierenden Touristen. Von den Blumenbeeten steigt ein aufdringlicher Treibhausgeruch auf, feuchte Erde und Dünger. Er könnte sein Gehirn im Sparmodus arbeiten lassen, so ähnlich wie nachts, aber er muss auf das Kind aufpassen, und aus irgendeinem Grund scheint sein Kopf damit vollauf beschäftigt zu sein.

Gelegentlich treffen er und Günther sich zum Handballgucken, ohne dass Anke mitkommt. Dann sehen sie sich die Spiele der Jugendmannschaften an, da ist es nicht so voll, und das Niveau ist erträglich. Früher haben sie beide selber gespielt, schon während des Studiums nicht mehr (keine Zeit), und der Geruch nach PVC, Schweiß und alten Turnschuhen weckt bei ihnen nostalgische Erinnerungen. Außerdem gibt es ihnen die Möglichkeit, auch einmal stumm nebeneinanderzusitzen, wenn ihnen danach ist. Er wünschte, Günther könnte ihn jetzt sehen.

Aus dem Augenwinkel bemerkt er, dass der Junge neben ihm angefangen hat, mit den Füßen zu schaukeln, er hört ihn leise vor sich hinsingen. Nach einer ganzen Weile erkennt er die Melodie: »Herrn Pastor sien Kau«.

Gedacht war der Abend der Abreise so: Günther kommt nach der Arbeit vorbei, er isst mit Anke und Matthias nett zu Abend, sie trinken Wein und reden und schlagen die Stunden in gewohnter Weise tot, bis es Zeit ist, zum Bahnhof zu fahren (der Nachtzug ging irgendwann gegen elf), Anke fährt sie, jeder kriegt ein Küsschen zum Abschied, und dann liegen Günther und Matthias gemütlich untereinander in einem dieser neuen Liegewagen, die im Grunde fahrende Schlafsäle sind, und blicken an die Decke. Nicht, dass sie immer alles zusammen machen, im Gegenteil, manchmal sehen sie sich wochenlang überhaupt nicht, und Matthias ist schon unzählige Male zu Tagungen gefahren, ohne dass sein bester Freund mitgekommen ist, aber diesmal ist die Tatsache, dass Günther die Tagung ausfallen lässt, wie ein Vorgeschmack auf das, was die Zukunft für sie beide bereithalten wird: nicht viel.

Günther klingelt nie, und er tat es auch vorgestern Abend nicht. Er stand einfach im Flur und zog seine Schuhe aus. Alles war wie immer. Sie setzten sich in den Wintergarten, der direkt an die Küche grenzt. Die Abendsonne tauchte alles in ihr Licht, sie tranken Rotwein zu ihrem Salat. Die beiden anderen sahen trotz der schmeichelhaften Beleuchtung abgekämpft aus, und vermutlich bildete Matthias keine Ausnahme. Sie waren allesamt Besessene, keiner von ihnen machte genügend Pausen oder kurierte sich lange genug aus. Während sie aßen, unterhielt Günther sie, den Mund mal mehr, mal weniger voll, mit einem seiner aktuellen Fälle. Es ging um eine Studentin (er hat seine Praxis in Uninähe), die mit einer Essstörung zu kämpfen hat – wie gut fünfzig Prozent seiner Patienten, die übrigen haben Depressionen oder Panikattacken. Mit solchen Leuten hatte Matthias es früher auch zu tun, aber ihm sind Zwänge lieber, zu Angststörungen fehlt ihm irgendwie der Draht. Günthers Patientin jedenfalls versucht ständig, nicht zu essen, versteckt aber überall Lebensmittel, eine Art menschliches Eichhörnchen, und als sie an diesem Vormittag bei Günther in der Praxis saß, zog sie auf einmal unter ihrer Bluse ein Croissant hervor und fing sofort an, es zu verspeisen, was das Therapiegespräch einigermaßen schwierig machte.

Anke lachte, dabei fiel ihr ein Stück Karotte aus dem

Mund, das sie mit einer anmutigen Geste aufpickte und zurücksteckte. »Wenn man dich so hört«, sagte Matthias, »glaubt man, wir haben den lustigsten Beruf der Welt.«

Nachdenklich sagte Anke: »Wenn ich Leuten erzähle, was wir beruflich machen, dann finden sie immer, das klingt so großartig, so sozial, so interessant. Aber wenn man genau hinsieht, sind wir nur drei völlig fertige Gutmenschen kurz vor dem Burnout, die absolut nichts verändern.«

»Das hast du schön gesagt«, antwortete Günther.

»Im Ernst«, sagte Anke, und tatsächlich runzelte sie die Stirn und senkte die Stimme, »im Grunde ist das, was wir tun, wir alle drei, nur ein Tropfen auf den heißen Stein. Ein paar Wochen leben die Mädchen bei mir ohne blaue Flecke, danach gehen sie zurück nach Hause. Und eure Patienten schaffen es, nach Jahren der Therapie ein normaleres Leben zu führen, bis plötzlich etwas Unvorhergesehenes passiert und ihre alten Probleme und Verhaltensweisen alle wiederkommen. Wir drei sind die Schulmedizin der Gesellschaft: Wir bekämpfen nur die Symptome, nicht die Ursachen.«

»Du bist ja richtig gut in Form heute Abend. So schöne Vergleiche«, sagte Günther.

»Danke«, sagte sie und fuhr sich durch die Haare.

Günther langte quer über den Tisch und nahm ihre freie Hand. »Eigentlich solltest du mit nach Meran kommen. Das ist eine vollkommen uninteressante Tagung mit einem dämlichen Thema, da kann man ruhig ein bisschen schwänzen. Dein komischer Mann kann seiner Lieblingsbeschäftigung nachgehen und die ganze Zeit arbeiten, und du und ich, wir könnten bummeln oder auf einen Berg klettern und uns einen Sonnenaufgang ansehen.«

Sie bekam tatsächlich rote Wangen. Matthias fiel ein, dass er sein Aufladegerät noch einpacken musste, und wie bestellt fing ein Telefon an zu klingeln, alle fassten sich an irgendeine Tasche; es war das von Günther. Er zog es hervor, blickte auf das Display und nahm ab.

Während er sich meldete (»Ja, was gibt's?«), stand er auf. Er bewegte sich durch die Küche und verschwand im Flur, so dass sie nur einen Teil des Gesprächs mithören konnten. Günther ging offenbar auf dem Flur auf und ab, sie verstanden ihn mal besser, mal schlechter.

»Du Arme«, hörten sie. »Das ist ja furchtbar.« »Nein, nein«, kam es von weiter hinten, »das würde mir ganz und gar nichts ausmachen.« »Im Gegenteil«, und, »ich lass dich doch jetzt nicht alleine.« Natürlich. »So wichtig ist das mit der Tagung nicht.« Matthias stutzte. »Ich entscheide das jetzt eben so, du bist da wichtiger.« Sie starrten beide zur offenen Flurtür. »Ich bin gleich bei dir.«

Die letzten Worte sagte Günther bereits wieder in der Küche, auf dem Weg zu ihnen. Nachdem er aufgelegt hatte, setzte er sich gar nicht erst hin. »Ich komme nicht mit«, sagte er. »Ich muss nach Hause.«

Matthias merkte, dass sein Mund offen stand, und fragte sich, ob das Ganze ein Scherz sein sollte. Bei Günther wusste man nie. Er schmeckte sehr deutlich den Essig aus der Salatsauce auf seiner Zunge, und irgendwie spürte er ihn auch an der Nasenschleimhaut.

»Achtung, ich niese gleich«, sagte er.

Die beiden anderen warteten, sie hielten still, aber das Niesen kam nicht. Das alles sah zum Brüllen aus, Anke und Günther wie eingefroren in ihren Bewegungen, bereit, weiterzureden und weiterzuleben, sobald die Unterbrechung vorbei war; in Matthias stieg ein Lachen hoch. Er wischte mit der Hand durch die Luft, um zu signalisieren, dass das mit dem Niesen nichts würde.

»Was ist passiert?«, fragte Anke und stand ebenfalls auf, für den Fall, dass Günther eine Umarmung oder eine mütterliche Berührung brauchte.

»Nichts Schlimmes«, sagte Günther, »aber ich muss zu Hause bleiben, meiner Freundin geht es nicht gut.«

»Ist sie krank?«, fragte Anke, und es klang irgendwie teilnahmslos, wie wenn man nach dem Befinden eines Kleinkindes fragt, von dem man weiß, dass es jeden Schnupfen mitnimmt, weil es sich immer die Finger in den Mund steckt.

Günther grinste verlegen. »Nicht direkt. Also nicht krank. Aber ihr ist schlecht. Das gehört wohl dazu. Eigentlich wollten wir es noch niemandem sagen. Sie ist schwanger.«

Da brach das Lachen aus Matthias heraus – zusammen mit einem gewaltigen Niesen, das die beiden anderen zusammenzucken ließ.

Als Günther weg war, aßen Anke und er den Salat auf. Sie machten das Radio an, hörten die Nachrichten und kauten. Später suchte Matthias seine Arbeitsunterlagen zusammen, packte seine Aktenmappe, machte sich abfahrbereit. Dann fuhr Anke ihn zum Bahnhof.

Erst nach etwa zwei Dritteln der Strecke bemerkte er, dass sie noch kein Wort gesagt hatte. Er dagegen redete ohne Unterbrechung. Vermutlich lag es an dem Wein, er hatte Günthers Anteil mitgetrunken, während Anke zu Mineralwasser übergegangen war. Als er sie fragte, was los sei, öffnete sie den Mund, um etwas zu sagen, aber es kam nichts heraus, kein Ton.

Später, auf dem Weg zum Bahnsteig, wünschte er sich auf einmal sehr heftig, Günther hätte sich nicht dagegen entschieden, mit nach Meran zu fahren, und er musste sich fast zwingen, nicht umzudrehen und zu Anke zurückzulaufen, um sie ein letztes Mal fest zu umarmen. Er konnte sich nicht entsinnen, so etwas schon einmal empfunden zu haben.

6

Wie von der Tarantel gestochen springt der Junge neben ihm plötzlich auf und rennt los. Er läuft im Zickzack zwischen den Menschen hindurch, fliegt einer jungen Frau in die Arme, und Matthias kann nur hinterherschauen und schafft es in dieser Zeit nicht einmal, von der Bank aufzustehen. Die Mutter und das Kind umarmen sich, das Kind vergräbt sein Gesicht an ihrem Hals, sie reden miteinander, Matthias fühlt sich auf einmal unsicher. Er überlegt, was er tun soll – einfach gehen, wie es einem barmherzigen Samariter immer am besten steht, oder dableiben, sich vorstellen, ein ernstes Wort mit der Erziehungsberechtigten reden, sich kumpelhaft verabschieden? Er will nicht einfach verschwinden, er fühlt sich stehengelassen (und das ist er ja auch).

Das Kind reckt den Arm, zeigt auf ihn, die Mutter und der Kleine kommen auf ihn zu. Nachdem sie sich begrüßt haben, fragt er, ob er nun dem Jungen ein Eis kaufen dürfe. Sie stellt sich mit Vornamen vor, er tut das auch, das gefällt ihm ohnehin besser als dieses ewige Gesieze und das nachgeschobene Du-Anbieten.

Die Mutter heißt Katrin, ist jung und ein bisschen mollig, sie hat ein freundliches Lächeln und spricht einwandfrei Hochdeutsch, jedenfalls kann er keinen Dialekt ausmachen. Während sie alle drei beim Eispavillon anstehen, bedankt sie sich wortreich und übernimmt danach das Reden, was ihm im Augenblick sehr recht ist. Sein Kopf und sein Magen nehmen ihm übel, dass er so schnell aufgestanden ist.

»Er macht das öfter«, sagt sie. »Ich passe ein paar Minuten lang nicht auf, da ist er plötzlich aus dem Haus und irgendwo draußen verschwunden. Manchmal denke ich, er sitzt in seinem Zimmer und spielt, und wenn ich nachsehe, ist er weg. Er kennt den Weg zur Promenade und zum Spielplatz, nur zurück findet er dann nicht mehr.«

Matthias verkneift sich einen Kommentar. Warum schließt diese Katrin nicht einfach die Haustür ab, warum schaut sie nicht öfter nach ihrem Kind, warum erzieht sie es nicht einfach?

»Er hat den Umzug nicht gut verkraftet, fürchte ich«, sagt sie. »Er hat so was früher nie gemacht, aber er ist wie ausgewechselt, seit wir hier sind.«

Sie sind jetzt dran, und die Mutter liest geduldig zweimal alle Eissorten von der Tafel ab, schlägt ein paar Sorten vor, der Junge – er heißt Gerrit – nickt oder schüttelt den Kopf und entscheidet sich am Ende für Schokolade und Zitrone.

»Gute Wahl«, sagt Matthias, wieder in diesem onkelhaften Tonfall, und der Junge fasst nach dem Hosenbein der Mutter.

Er wüsste gern, wie spät es ist. Wahrscheinlich hat er nach wie vor Zeit genug für alles Mögliche. Irgendetwas an Katrin gefällt ihm, sie sieht so gesund aus, er hat es jedenfalls überhaupt nicht eilig. Es wäre ihm recht, wenn sie noch ein bisschen mehr redete.

»Woher kommst du denn, ursprünglich?«, fragt er.

»Lübeck«, sagt sie, und bei dem Wort wendet sich der Junge zu ihr um, obwohl der Verkäufer ihm gerade sein Eis über den Tresen reicht.

Matthias merkt, dass ihm seine Gesichtszüge verrutschen. Sie missdeutet das und sagt sofort: »Das ist in Norddeutschland. Wo das Marzipan herkommt. Kennst du das? Das Marzipan?«

»Ich bin da geboren.« Es hört sich an, als beziehe er sich auf das Marzipan.

Sie lacht. Es klingt fröhlich und ausgelassen, als hätte jemand einen guten Witz gemacht. »Das gibt es doch nicht«, ruft sie. »Das ist ja … Was machst du hier?«

»Ich wohne jetzt in Hamburg«, sagt er, um ihren Enthusiasmus etwas zu dämpfen. Wie kann eine so laute und redselige Frau nur ein so stummes Kind haben. Vielleicht ist das auch schon die Erklärung, der Junge kommt wahrscheinlich nie zu Wort.

»Aber du kommst aus Lübeck« sagt sie. »Was für ein schöner Zufall.«

Der Junge isst sein Eis, sie sind beiseitegetreten, um den Wartenden hinter ihnen Platz zu machen. Neben Matthias hängt das Schild mit der Liste der Eissorten, eine ganze Horde von Tauben hat sich um den Pavillon versammelt und wartet auf Waffelkrümel, die Sonne wandert Richtung Zenit und lässt die Berge weiter in die Ferne rücken, während über dem Flussbett das reflektierte Licht steht, ohne dass man von dort aus, wo sie stehen, das Wasser selbst sehen kann. Katrin hat gerötete Wangen, der Eisverkäufer wiederholt den Wunsch seines Kunden (Zabaione, Pistazie, Krokant), Matthias spürt die Sonnenbrille in seiner Hemdtasche, als hätte sie sich dort unruhig bewegt.

»Gerrit«, sagt Katrin, »hast du das gehört? Der Mann kommt von zu Hause.«

»Lübeck«, sagt der Junge. Er kann also nicht nur sprechen, sondern auch abstrakt denken. Geschmolzenes Eis läuft außen an der Waffel herunter, wie immer bei kleinen Kindern. Effiziente Eisesstechnik scheint jahrelange Übung zu erfordern.

»Er mag dich«, sagt sie und berührt Matthias am Oberarm, und er wünschte, sie würde ihre Hand nicht sofort wieder wegziehen. »Er redet sonst nie, wenn andere dabei sind.«

Natürlich ist es nicht geplant, sie nach Hause zu begleiten, aber was ist schon geplant an diesem Tag. Eins geht ins andere über, und Matthias hat nicht das Gefühl, irgendeinen Einfluss zu haben. Es ergibt sich eben. Katrin stellt ein paar Fragen – warum ist er hier, was macht er beruflich –, die er knapp beantwortet, aber die meiste Zeit redet sie selbst, dabei marschiert sie los, das Kind auf dem Arm, das mit seinem Eis herumsaut, es irgendwann fallen lässt und dann an ihrer Schulter fast einschläft.

»Seit wir hier sind, schläft er unglaublich viel. Und dann läuft er weg, immer wieder, eines Tages setzt er sich noch in den Zug. Vielleicht sollte ich mit ihm zu einem Arzt gehen, nicht, dass er am Ende ein Trauma bekommt, obwohl, was für ein Trauma sollte das wohl sein, ein Umzugs-Trauma, das klingt eigentlich fast lustig, wahrscheinlich zieht so jemand dann nie bei seiner Mutter aus, das hat auch was für sich. Vielleicht kennst du ja einen guten Kinderpsychologen hier in der Gegend? Das Mädchen von einer Bekannten war mal bei einem, das hatte ein Problem mit Bananen. Ist immer umgefallen, wenn es eine gesehen hat. Das ist was Echtes, da sagt einem ja der gesunde Menschenverstand, dass da was nicht in Ordnung ist. Aber wenn ein kleiner Junge, der vor ein paar Wochen ganz weit von zu Hause weggezogen ist, sich in regelmäßigen Abständen verläuft, dann klingt das doch nicht dramatisch, sondern eher wie ein ganz normales Anpassungsproblem. Was mich nervös macht, ist das viele Schlafen.«

In dieser Art redet sie in einem fort, und er fragt sich,

wie ihr Gehirn es schafft, Sprechen und Denken so voneinander abzukoppeln, denn für seine Begriffe ergibt das, was sie sagt, keinen rechten Sinn. Aber diese Frau mit dem Kind auf dem Arm, die neben ihm hergeht, riecht gut, es kommt von ihren Haaren, die dick und braun sind und hin- und herschwingen, wenn sie den Kopf dreht. Er konzentriert sich auf ihren Geruch, ihr Oberteil lässt im Nackenbereich viel Haut frei, er richtet seinen Blick darauf (sie hat gar nicht erst eine Jacke mitgenommen), und ihre Worte werden zu einem Plätschern, das kaum mehr an ihn herandringt. Er überlegt, ob er genug Geld eingesteckt hat, um sie zum Essen einzuladen, obwohl sein Magen nach wie vor keinerlei Bereitschaft zeigt, Nahrung annehmen zu wollen. Vielleicht kann man das Kind irgendwie loswerden. Jetzt, wo es an ihrer Schulter döst, spürt er keine innere Verbundenheit mehr mit ihm, jetzt sieht es nur noch aus wie ein sehr kleiner, sehr müder Junge, es hat nichts mehr von einem männlichen Kumpel, und in der Gegenwart kleiner, müder Kinder wird ihm schon aus Prinzip mulmig.

Plötzlich hält Katrin vor einer Haustür an. Sie stehen in einer ruhigen Nebenstraße, abseits von allen Touristenpfaden, die Bürgersteige sind breit, die Häuser mehrstöckig und von einer bröckeligen Eleganz.

»Hier wohnen wir jetzt.« Sie hat bisher noch nicht verraten, warum es sie hierher verschlagen hat. Er ist automatisch davon ausgegangen, dass ihr Mann aus beruflichen Gründen hierherziehen musste. Er ist und bleibt altmodisch in seinen Gedanken.

Jetzt wäre der Moment, um das mit dem Essengehen vorzuschlagen. Er bastelt gerade an der Einleitung, da sagt sie: »Willst du nicht noch mit raufkommen? Ich mach uns schnell was zu essen. Und der Kleine schläft bestimmt gleich ein.« Dabei berührt sie mit ihrem Oberarm seinen Ellbogen (sie hat keine Hand frei, alles ist voller Kind). Er zögert keine Sekunde und folgt ihrem glatten, weichen Nacken ins Haus.

7

Oben wird er ins Wohnzimmer delegiert. Der Kleine soll ins Bett, und zwar sofort, der kriegt ja kaum noch seine Augen auf, Matthias soll warten, es sich »schon mal« gemütlich machen – zwinkert sie ihm tatsächlich zu? Machen Frauen so etwas im wirklichen Leben?

Einige Zimmer weiter hört er sie murmeln, da wird ein Kind zu Bett gebracht und in den Schlaf gemurmelt, und in Kürze steht dann hier eine Frau in der Tür, die jung ist, jung genug, um seine Tochter zu sein, und die etwas in ihm sieht, von ihm möchte, über das er sich keine Gedanken machen will, weil es ihn auch einfach nichts angeht, man muss nicht alles wissen. Für heute hat er keine Lust mehr, sich irgendetwas zu fragen.

Überall liegen Kissen und Decken, es gibt Sessel und gepolsterte Stühle, sehr üppig das alles, dazu eine Wärme in der Luft, die man fast riechen kann, schräg einfallende Sonnenstrahlen. Er geht herum, um sich die Bilder an den Wänden anzusehen, wirft einen Blick aus dem Fenster, dann schleicht er durch den Flur, hängt seine Jacke an einen Haken, auf dem Boden stehen Kindergummistiefel, er besichtigt die Küche (Resopaltisch, beige Fliesen), stolpert fast über einen halbvollen Napf mit Katzenfutter. Im Badezimmer kleben Plastikfische an den Wänden. Er setzt sich aufs Klo, seine Knie stoßen fast gegen die Waschmaschine, er konzentriert sich auf seinen Unterleib, aber nichts passiert. Das Reformhauszeug hat er im Hotel gelassen, darüber ärgert er sich jetzt. Schließlich gibt er auf. Er überlegt, ob er Günther eine SMS schreiben soll: *Sitze hier in der Wohnung einer schönen, jungen Frau, über die ich mich gleich hermache.* Oder eher: *Wenn du wüsstest, wo ich gerade sitze… Grüß mir Anke.* Natürlich wäre es kindisch, so etwas zu schreiben. Aber es ist merkwürdig, dass er die Situation viel eher als Rache an Günther empfindet als an Anke. Er mag das jetzt nicht analysieren, wahrscheinlich kommt am Ende nur eine Erkenntnis heraus, in der noch einmal das Wort »kindisch« vorkommt. Und Anke? Was würde er ihr schreiben? *Wir sind so gut wie quitt*? Er hat ihr selbstverständlich die Affäre mit Günther längst verziehen, auch wenn sie ihn nie darum gebeten hat. Jetzt fragt er sich, ob sie deswegen oder trotzdem bei ihm geblieben ist. Woher soll er wissen, ob seine Großzügigkeit sie damals überhaupt interessierte. Seine Kopfhaut fängt an zu jucken, er nimmt sich vor, demnächst Ankes kundige Kollegin nach einem verträglicheren Shampoo zu fragen.

Im Flur klingelt sein Telefon. Er beeilt sich, es aus der Jackentasche herauszuholen, doch es dauert viel zu lange, sicherlich wird das Kind wieder wach. Als er sieht, dass die Nummer seines Bruders auf dem Display steht, nimmt er sofort ab. »Klaus?«

»Hallo«, sagt Klaus. Seine Stimme klingt matt. Matthias merkt, dass sein Herz anfängt zu pochen. Er lehnt sich gegen die Wand.

»Was ist los? Wie geht es dir?«

»Nicht gut«, sagt Klaus. Matthias hat es geahnt, er hält die Luft an. »Ich sitze gerade beim Frühstück, und alles schmeckt scheiße.«

Matthias atmet aus.

»Der Kaffee schmeckt wie Hundepisse, wirklich. Irgendwas stimmt nicht mit meinen Geschmacksnerven, in letzter Zeit schmeckt alles komisch. Ich frage mich, ob das Nebenwirkungen sein können. Was meinst du?«

»Ich weiß ja nicht, was du so nimmst zur Zeit.« Matthias zieht sich leise in die Küche zurück.

»Das ganze Zeug kann einem wirklich das Leben versauen«, sagt Klaus. »Man nimmt etwas, damit man wieder Spaß am Leben hat, und dann verleidet es einem alles, was Spaß macht.«

»Ich sag da jetzt nichts zu.« Klaus sucht sich die falschen Ärzte aus. Es fällt Matthias schwer, ihm da nicht reinzureden. Klaus hat seit so vielen Jahren Depressionen, dass sich alle daran gewöhnt haben und es sich gar nicht mehr anders vorstellen können.

»Hat unsere Mutter dich angerufen?«, fragt Matthias und lässt sich auf einen Küchenstuhl fallen.

»Wieso?«

»Weil sie es bei mir gestern versucht hat. Ich saß im Zug, die Verbindung war dann weg. Seitdem hab ich nichts gehört.«

»Im Zug? Wo bist du denn?«

»In Meran.«

»Da waren wir mal im Urlaub.«

»Erinnerst du dich daran?«

»Nein.«

»Auch nicht an den Filzhut?«

»Nein.«

»Ich bin auf einer Tagung hier.«

»Macht's Spaß?«

»Geht so. Du hast mich also nur angerufen, weil dein Kaffee merkwürdig schmeckt.«

»Nicht nur der Kaffee, einfach alles. Stimmt irgendwas nicht mit dir?«

»Wie kommst du darauf?«

Klaus steckt sich etwas in den Mund und kaut. »Du musst es mir nicht erzählen. Du kannst es dir ja selbst erzählen, du verstehst doch was davon.« Pause, Kauen. »Ich krieg in letzter Zeit selber nur komische Anrufe. Vorgestern hat meine Ex angerufen und gefragt, ob ich ihr Auto kaufen will, dabei fahre ich seit zehn Jahren nicht mehr, das weiß sie doch. Und vorige Woche ruft mich unser Vater an und erzählt mir lang und breit, dass er sich im Fernsehen das Weiße Rößl angeguckt hat. Er hat mir sogar was draus vorgesungen. Nicht zu fassen. Und er hat nicht mal gefragt, wie es mir geht. Was bin ich denn? Sein Enthusiasmus-Abladeplatz?«

»Mir hat er auch davon erzählt. Inklusive singen«, sagt Matthias.

»Wie kriegt man das zusammen, dass der eigene Vater sich für so zäh hält, aber solche sentimentale Scheiße liebt? Und uns werfen sie vor, wir seien Weicheier.«

Matthias findet diese Überleitung schwer nachzuvollziehen. »Tun sie das denn?«

»Neuerdings ertrage ich auch einfach keine Menschenansammlungen mehr«, sagt Klaus. »Ich mag nicht mal mehr Bus fahren. Wie soll man denn überhaupt noch irgendwo hinkommen? Kennst du das? Ich fürchte, ich bin auf dem besten Weg, eine Phobie zu entwickeln ...«

Dann ist die Verbindung unterbrochen. Es rauscht und knackt, aber die Stimme seines Bruders kommt nicht wieder. Vielleicht eine Nachwirkung des Badeunfalls, vielleicht nur ein typisches Funkproblem in Bergregionen. Es scheint jedenfalls nicht nötig zu sein, dass er zurückruft. Außerdem ist der Akku beinahe leer, und natürlich hat er das Aufladegerät am Ende doch in Hamburg liegenlassen.

Er horcht, es ist still geworden im Kinderzimmer. Auf der Anzeige der Mikrowelle steht eine Uhrzeit, die ihm unwahrscheinlich vorkommt, wer weiß, wann die Uhr zum letzten Mal gestellt wurde, sein Telefon jedenfalls zeigt etwas anderes an. Er wünscht sich, er hätte heute Morgen die Zähne geputzt. Mit beiden Händen fährt er sich durch die Haare, setzt sich gerader hin, atmet in den Bauchraum, wendet sich zum Flur. Katrin steht im Türrahmen.

Sie streicht sich mit einem Finger über die Oberlippe. Lächelt ein bisschen verlegen. »Der Kleine schläft jetzt sicher anderthalb Stunden.«

»Aha«, sagt Matthias. Er will noch etwas anderes sagen, etwas Schlagfertiges, Pfiffiges. Aber ihm fällt nichts ein.

»Ist das ein Zufall, dass wir uns getroffen haben?«, fragt sie und kommt langsam auf ihn zu. Er steht auf, sie ist gut einen Kopf kleiner als er.

»Glaubst du etwa an Schicksal?«

»Ich glaube daran, dass die Dinge einen Sinn haben, den wir nicht durchschauen. Und du?«

»Zufall. Ganz sinnfrei«, sagt er. »Falls ich zu irgendeinem Zeitpunkt meines Lebens an Schicksal oder Vorbestimmung geglaubt habe, habe ich das spätestens im Studium abgelegt. Wenn man täglich mit Zwangspatienten zu tun hat und sich ein bisschen intensiver mit den neurologischen Zusammenhängen beschäftigt, wird einem schnell klar, dass das Gehirn sich den tieferen Sinn meistens selbst zusammenbaut. Aber auch Zufälle können nett sein.« Er hofft, dass er am Ende die Kurve gekriegt hat und nicht wie der letzte Langweiler rüberkommt. Er hat seit einer halben Ewigkeit nicht mehr geflirtet, wahrscheinlich hat er es einfach verlernt.

Sie steht dicht vor ihm, ohne ihn direkt zu berühren. Er riecht ihr Haar, denkt an die Apfelblüten, die er auf der Fahrt hierher durch das Zugfenster gesehen hat, Millionen von Apfelblüten, die wie ein Schleier das ganze Tal zu überziehen schienen, und mit ihren runden, roten Wangen sieht Katrin auch tatsächlich wie ein

Apfel aus, ein frischer, saftiger, wohlschmeckender Apfel, direkt vom Baum gefallen (nicht stundenlang zwischen Wäsche in einem Koffer transportiert), etwas, in das man hineinbeißen möchte, sofort, und das darüber hinaus sogar gut für einen ist, einen mit Vitaminen versorgt und einem ein ruhiges Gewissen verschafft: Health Food. Er kann spüren, dass ihre Muskulatur angespannt ist. Es ist also nicht anzunehmen, dass eine solche Situation für sie Routine ist. Er überlegt, ob er sie anfassen soll, am Oberarm zum Beispiel, wie sie es vorhin bei ihm gemacht hat, er könnte ihr das Haar hinter ein Ohr streichen, aber seine Hand kann sich nicht recht entscheiden.

»Erzähl mir von deiner Arbeit«, sagt sie. »Ich mach uns inzwischen etwas zu essen. Guter Plan?«

Das ist etwas, das er an Frauen vorbehaltlos bewundert. Sie können sich einfach vorbeischlängeln, wenn in einer Situation ein Hindernis auftaucht. Während er noch nach einer Lösung sucht, nach einem Satz, der eine neue, bessere Richtung vorgeben könnte, haben Frauen oft schon durch einfaches Weiterreden, durch banale Themenwechsel oder simple Gesten eine Wendung herbeigeführt; offensichtlich sehen sie Hindernisse früher kommen.

»Was willst du wissen?«, fragt er.

»Was ist das für ein Vortrag, den du nachher hältst?«

»Es geht um die Neurologie von Zwangserkrankungen, die neueren Erkenntnisse durch bildgebende Verfahren und die Parallelen zu Freud, um neurologische Modifikationen durch Psychotherapie im menschlichen

Gehirn, Zukunftsaussichten in der Verbindung von Therapie und Medikation und operative Eingriffe als Möglichkeit der langfristigen Bekämpfung von Zwängen.«

»Meine Güte, wie lange soll der dauern?«

»Eine Dreiviertelstunde.«

»Wie wär's mit einer Kurzfassung?«

Während er redet, fängt sie an, am Küchentresen herumzuwerkeln, bückt sich zum Kühlschrank, reckt sich zu den Regalen, greift mit bloßen Fingern in ein Gurkenglas, schneidet Baguettebrot, steckt sich zwischendurch eine Kirschtomate in den Mund. Das Ganze ist ein Tanz, Matthias bleibt in ihrer Nähe, lehnt sich seitlich gegen die Arbeitsfläche und verfolgt jede ihrer Bewegungen mit den Augen. Ab und zu sieht sie ihn an und lächelt; er greift ebenfalls in das Gurkenglas, legt für sie ein Gehirn-Modell aus Gurken und Tomaten, sie beugen sich nebeneinander darüber. In seinem Mund spürt er die Worte, noch bevor er sie ausspricht: Amygdala, Synapse, Hippocampus.

Er erklärt, welche Areale des Gehirns bei Zwangshandlungen aktiv werden, zeigt dabei auf Gürkchen und Kirschtomaten. Katrins Duft streift ihn jedes Mal, wenn sie sich die Haare mit dem Handrücken zurückstreicht.

Draußen schlägt die Kirchturmuhr, Katrin hockt sich hin, um aus einem winzigen Weinregal eine Flasche Rotwein auszusuchen, zwischen Hosenbund und Oberteil sieht man einen Streifen nackter Haut, sie wippt in den Knien kaum merklich auf und ab. Matthias spricht über Zwangsgedanken. Über das unkontrollierbare Feuern der Synapsen, von dem Spalt zwischen den Zellen, in dem unermüdlich Botenstoffe hin- und hereilen. Über die kaum zu bewältigende Aufgabe, den eigenen Kopf umzuprogrammieren. Katrin richtet sich auf, geschmeidig, ohne Eile, sieht ihn an. Er wünschte, er hätte nicht das Wort »Spalt« benutzt. Wie in einem Album blättert er rasch in seinem Gedächtnis, um einen Fall zu finden, der die Sache für sie anschaulich macht. Er will ihre Aufmerksamkeit nicht verlieren.

Vor Jahren hatte er eine Patientin, die zu ihm kam, weil sie fürchtete, sie könnte ihr Kind umbringen. Seit ihr einmal der Gedanke gekommen war, dass sie das schreiende Kind am liebsten mit einem großen, weichen Kissen zum Schweigen bringen würde, traute sie sich selbst so wenig über den Weg, dass sie keine Minute mehr allein mit ihrem Kind verbrachte. Sie war ansonsten vollkommen gesund und bewältigte ihren Alltag recht gut, aber sie lebte in einer persönlichen Hölle aus Schuldgefühlen, Ängsten und immer wiederkehrenden Bildern. Sie brauchte ein gutes Jahr, um wirklich einzusehen, dass Gedanken und Handlungen nicht gleichzusetzen sind. Sie war intelligent, und ihr kluger Kopf stellte einen äußerst findigen Gegner dar.

Während Katrin die Flasche entkorkt, sagt sie: »Solche Gedanken kenne ich, das erste Jahr mit Gerrit war ziemlich schlimm.«

Sie reicht ihm ein Glas Wein, lässt ihre Hand dabei kurz an seiner liegen, sucht seinen Blick und lächelt verhalten, aber aufmunternd, wie er meint. Anscheinend macht er nicht alles falsch. Sie trinkt jetzt ebenfalls Wein, lehnt sich dicht neben ihm an die Arbeitsfläche. Aus dem Augenwinkel betrachtet er das Essen, das sie arrangiert hat, ein großes Brett mit Brot, Gemüse, Butter und dem obligatorischen Speck, sie fängt auch wirklich an zu essen. Er sieht zu, wie eine Gurke, eine Scheibe Speck, ein Stück Baguette in ihrem Mund verschwinden, und setzt an, die Wirkweisen verschiedener Medikamente zu erläutern. Freud überspringt er, das Thema erscheint ihm momentan zu riskant. Sie unterbricht ihn: »Was ist mit den operativen Eingriffen?«

Also hat sie ihm tatsächlich zugehört. Plötzlich wird ihm ganz warm, er will nach ihr greifen, sie auf den Küchentresen setzen, diese wunderbare Frau, ihre Oberschenkel auseinanderdrücken, an ihren Kleidern zerren und den ganzen Rest. Er schaut zur offenen Tür, sie legt den Kopf schief, als er seine Hand an ihre Wange legt, mehr traut er sich nicht, sie umfasst sein Handgelenk und hält seine Hand in Position. Er ist dankbar dafür, weiß aber nicht recht, was gerade sonst noch von ihm erwartet wird, und redet einfach weiter.

»Es gibt ein relativ neues Verfahren, das sehr vielversprechend ist. Man verwendet es bei Parkinson. Dabei führt man in die entsprechende Hirnregion einen Takter ein, so ähnlich wie einen Herzschrittmacher.« Er muss grinsen, weil ihm das Wort »Takter« auf einmal vulgär vorkommt. Anke wäre spätestens jetzt vor Lachen umgefallen.

»Mein Vater hat einen Herzschrittmacher«, sagt Katrin.

Auf der Straße geht jemand vorbei, sie hören die Schritte heraufhallen, halten beide inne und lauschen, ob es noch mehr Geräusche gibt, aber es bleibt ruhig, das ist das Zeichen zum Weitermachen.

»Auf diese Weise kann man die Aktivität der Hirnregion beeinflussen«, fängt er wieder an. »Man kann die Sendefrequenz der Synapsen herabsetzen, und zwar individuell abgestimmt. Das Interessante ist, dass es sich so von außen manipulieren lässt, man kann also auch später daran herumdrehen und nachbessern.« Plötzlich findet er alle Wörter, die er sagt, witzig, ihm ist nie aufgefallen, was für skurrile Dinge er sagt, wenn er vor Publikum redet. Trotzdem hängt er in seinem Vortrag irgendwie fest, sein Gehirn sucht fieberhaft nach einer Überleitung zum Schweigen, nach einem geeigneten letzten Satz, bevor es zur Sache geht, bevor die Szene anfangen kann, das Ereignis, dessentwegen er hier ist. Wenn er es schafft, einmal anzufangen, wird alles ganz leicht sein.

»Das hört sich gut an«, sagt Katrin. »Das hört sich an, als wärst du bald arbeitslos.«

»Tja«, sagt er. Er stößt sich von der Arbeitsplatte ab, baut sich vor ihr auf, das Weinglas stellt er hin, und mit einer Hand an ihrer Hüfte und einer auf dem Küchentresen versperrt er ihr jeden Fluchtweg. Das ist ein schlauer Schachzug, von hier aus weiß sein Körper von selbst, wie es weitergeht. Tatsächlich fängt seine Hand an herumzuwandern, bewegt sich langsam an ihrer Taille entlang nach oben.

»Meine Mutter ist übrigens ganz genervt von dem

Gerät. Sie sagt immer zu meinem Vater: Dr. Donaubaur, Ihr Schrittmacher fiept schon wieder.« Sie kichert, sie findet auch keinen Übergang zum Schweigen. Matthias, dessen Hand gerade ihre Brüste erreicht hat, friert in der Bewegung ein.

»Dein Vater heißt Donaubaur?«

»Ja, ich weiß, über den Namen wundern sich alle Lübecker, er klingt ja auch nicht gerade sehr norddeutsch.« Sie bringt ihr Gesicht dicht an seinen Hals, reckt sich zu ihm hoch, ihr Atem kitzelt ihn, seine Nackenhaare stellen sich auf, direkt in sein Ohr sagt sie: »Meine Urgroßeltern sind aus Bayern gekommen.« Ihre Lippen streifen seine Wange. »Ich fand den Namen immer umständlich, man muss ihn jedes Mal buchstabieren.« An seinem Mundwinkel murmelt sie: »Hier unten heißen sie alle bloß Huber.« Und dann küsst sie ihn, er öffnet unwillkürlich die Lippen, er will etwas sagen, sie schmeckt nach Wein und Speck, und ein kaltes, unangenehmes Gefühl ergreift von ihm Besitz, legt sich ihm auf die Lunge, die Luft wird knapp, gleich wird er ersticken, aber er schafft es, sie sanft mit beiden Händen rückwärts zu schieben, auf Abstand.

»Christian Donaubaur?«, fragt er, seine Stimme klingt ganz normal.

»Ja. Du kennst ihn?«

»Flüchtig«, sagt er. Er mag nicht weiterreden, aber sie schaut ihn erwartungsvoll an. »Er war mal mit meiner Schwester zusammen. Ewig lange her.«

»Nein«, sagt sie. »Doch nicht etwa Ulrike?«

Er nickt.

»Was für eine tragische Geschichte. Er hat mir vor tausend Jahren mal davon erzählt, und ich schwöre, ich bin seit diesem Tag nie wieder bei Rot über die Straße gegangen.«

Matthias kratzt sich mit beiden Händen am Kopf und blickt demonstrativ auf die Anzeige an der Mikrowelle. »Schon so spät?«

8

Es tut gut, an der frischen Luft zu sein. Er setzt seine Sonnenbrille auf und marschiert in strammem Tempo los, sobald er sich orientiert und für eine Richtung entschieden hat. Wenigstens hat er im Hinausgehen an seine Jacke gedacht, sie hängt ihm wieder über dem Arm, schlenkert bei jedem Schritt. Nach kurzer Zeit ist er ruhiger, drosselt das Tempo, kann klarer denken und wünschte, er hätte erwachsener reagiert, schon der jungen Frau zuliebe, die jetzt sicherlich völlig verdattert allein vor ihrem Stück Speck sitzt und sich fragt, was sie falsch gemacht hat.

Eigentlich ist es zum Lachen, fast hätte er mit seiner Nichte geschlafen. Oder besser gesagt mit jemandem, der unter anderen – ganz anderen – Umständen seine Nichte hätte werden können. Aber Ulrike hätte sich sowieso von Christian Donaubaur getrennt, sie hätte sowieso nie Kinder bekommen, es gibt wirklich keinen Grund, erschrocken zu sein. Er hat nur so lange niemanden mehr getroffen, der sie gekannt hat (oder eben hätte kennen können).

In einer ruhigen Seitenstraße bleibt er kurz stehen. Meran ist nicht besonders groß, er weiß ungefähr, in welchem Verhältnis zur Promenade sich diese Straße befindet, aus dieser Information kann er die Richtung, die er nehmen muss, um zum Hotel zu kommen, rekonstruieren. Als er weitermarschiert, geht er rhythmisch und mit vollem Körpereinsatz.

Die Straße macht eine Kurve, damit hat er nicht gerechnet. Dadurch ändert sich sein Kurs, er hält Ausschau nach der Sonne. Kurz darauf stößt er auf eine T-Kreuzung und entscheidet sich, nach rechts zu gehen. Er folgt eine Zeitlang einer Frau mit Hund und denkt dabei an Boxli. Er hat ein Bild im Kopf, Boxli auf einer Liege beim Tierarzt. Aber das kann keine Erinnerung sein, er war gar nicht dabei, er hatte zu tun, Anke hat die Sache damals alleine erledigt. Trotzdem ist da ein deutliches Bild, wie eine echte Erinnerung, die weichen, schlaffen Pfoten, das leichte Zucken, das immer wieder über das Fell huscht, die schwarzen, bereits etwas matten Augen, dazu ein Arzt im klassischen weißen Kittel.

Die Straße kreuzt eine Verkehrsader, die ihm nicht bekannt vorkommt. Er sieht sich nach Schildern um, die einen Weg weisen (zum Bahnhof, zur Promenade), aber er findet keine. Man kann die Berge sehen, aber es ist ihm unmöglich, daraus einen Hinweis auf den Standort des Hotels abzuleiten.

Er geht nach rechts. Die Berge scheinen auf dieser Seite näher zu sein. Er überquert die Straße an einer

Ampel, vor ihm läuft eine ganze Gruppe von Leuten bei Rot hinüber. Er versteht nicht, wie man so etwas machen kann.

Auf der anderen Seite beginnt plötzlich der Einkaufsbereich der Altstadt von Meran. Vor den Geschäften gibt es rechts und links Gewölbegänge. Er hat ihre Bezeichnung in einem Prospekt gelesen, er meint sogar, den Begriff als Kind gehört zu haben, im Urlaub, aber jetzt, in diesem Augenblick, will er ihm nicht einfallen. Sie erinnern an Kreuzgänge in Klosteranlagen und sind ähnlich bedrückend. Ein Lieferwagen drängelt sich durch sein Blickfeld, auf der Längsseite des Laderaums steht in großen Buchstaben: *Huber Franz und Söhne – Wir legen Rohre*. Ein Korb voller Wanderstöcke steht Matthias im Weg. Ein Ladenbesitzer kippt direkt neben ihm einen Eimer Wasser in die Gosse.

Irgendwann findet er sich auf einem Wochenmarkt wieder, ohne zu wissen, wie er da hineingeraten ist. Die Straße hat sich einfach erweitert, und obwohl er noch versucht hat, das Ganze in einem Bogen zu umgehen, ist er plötzlich mittendrin. Die Stände stehen dicht beieinander, die meisten sind überdacht oder haben Markisen, über allem scheint die Sonne, der Himmel strahlt unverschämt blau. Weiße Wolken stehen über den Bergen, die Luft riecht nach Leder und Käse und Grünzeug, hinter all diesen Gerüchen ahnt man die Stadt mit ihren Abgasen und Mülltonnen, und wiederum dahinter verbirgt sich eine Frische, die von Schnee und von Gletschern auf Berggipfeln erzählt.

Auf dem Markt ist es schwerer, die Richtung beizubehalten. Die Stände bilden Gassen, die gerade zu sein scheinen, aber tatsächlich der äußeren Form des Platzes angepasst sind. Sie stoßen rechtwinklig aufeinander, auf diese Weise entstehen immer wieder T-Kreuzungen, die einen zwingen, den Kurs zu ändern, und in den Gassen drängen sich die Leute, kommen einem entgegen oder bleiben abrupt vor einem stehen, bilden Trauben oder rangieren mit Kinderwagen.

Er drängelt, er entschuldigt sich, er bremst ab, wenn es sein muss, und beschleunigt, sobald sich die Gelegenheit bietet, umschifft Hindernisse, schleicht hinter älteren Damen her und überholt sie mit einem gemurmelten Dank, er entscheidet schnell und ohne zu zögern, wenn er die Richtung wechseln muss, und winkt, ohne aufzublicken, ab, wenn ein Verkäufer ihm etwas zuruft. An einem Stand für Miederwaren muss er verschnaufen. Sein Kreislauf macht Probleme. Seinem Gefühl nach hätte er schon lange den Ausgang erreicht haben müssen.

Über ihm hängen BHs in Größen, deren Existenz er nicht für möglich gehalten hätte. Sie sind beige und weiß, auf dem Tisch neben ihm liegen Päckchen mit Miederhosen von ähnlicher Fürchterlichkeit, er hat geglaubt, diese Art der Unterwäsche sei bereits Mitte des letzten Jahrhunderts ausgestorben. Er denkt tatsächlich »Mitte des letzten Jahrhunderts« und kann sich gerade noch bremsen, es laut zu sagen. Er selbst ist Mitte des letzten Jahrhunderts geboren. Obwohl er das neue Jahrhundert freudig begrüßt hat, kann er sich jetzt nur schwer an die neuen Zahlen gewöhnen. Vom Stand schräg gegenüber weht ihn der Geruch frischer Schnittblumen an. Er bewegt sich dorthin, weil er lieber in Blumen blickt als in überdimensionale Wäsche. Es scheint unverhältnismäßig viele Geranien zu geben, in Eimern stehen Osterglocken, nach dem Stadium ihres Aufblühens sortiert. Am Rand des Standes findet er einige Töpfe mit Gartenkräutern, tritt nahe heran, atmet tief ein und fühlt sich gleich etwas besser.

Beim Weitergehen drosselt er das Tempo, versucht, einen gleichmäßigen Gehrhythmus beizubehalten und ruhig und effektiv zu atmen. Das mit dem gleichmäßigen Rhythmus muss er schon nach kurzer Zeit wieder aufgeben, die Gasse verengt sich, wodurch es zu einem Stop-and-Go kommt. Viel zu langsam rückt er mit der Menschenmenge vorwärts, vorbei an einem Obststand und einem Stand mit billigen Uhren, von denen jede eine andere Zeit anzeigt. Die Weintrauben sehen üppig aus, die Äpfel wirken, als hätte jemand sie einzeln poliert, die Apfelsinen sind klein und von einem leicht schmutzigen Orange, einige liegen aufgeschnitten da, und er sieht, dass das Fruchtfleisch dunkelrot ist. Wassermelonen, Netzmelonen, Honigmelonen sind zu Pyramiden getürmt, es gibt Kirschen und Erdbeeren, Gott weiß, woher man die in dieser Jahreszeit bekommt. Die Bananen sind sattgelb. Vielleicht kann er eine Melone kaufen, sie zwischen seiner Kleidung nach Hause transportieren und Anke schenken. Er möchte ihr auf jeden Fall etwas mitbringen. Die Menschenmenge drängt weiter, und er lässt das Obst hinter sich.

Er zögert, als er an einem Fleischstand vorbeikommt,

über dem der Name des Betriebs steht: *Huber*. Da hat er das passende Souvenir für Anke. Sie macht sich genauso wenig aus diesem komischen Räucherspeck wie er, da ist er sich sicher, aber allein ihren Gesichtsausdruck zu sehen, wenn sie ihr Geschenk auspackt, wird ihm Spaß machen; und während er sich ein möglichst mageres Stück Speck aussucht, das bereits in dicke Folie eingeschweißt ist, sein Geld hervorkramt und bezahlt, ohne mehr als nötig mit der Verkäuferin zu reden, die irgendwie reinlich aussieht, gar nicht wie jemand, der fettige Wurstwaren verkauft, überkommt ihn eine sehr direkte Sehnsucht nach dem rosa Haus in Rahlstedt, nach dem Gefühl, das in ihm aufsteigt, wenn er die Tür hinter sich zumacht, die Schuhe auszieht und einen Moment innehält, um auf die Stille zu horchen.

Man packt ihm den Speck in eine weiße Plastiktüte ohne Aufdruck. Die Welt sieht gleich ein wenig freundlicher aus. Dass er den Ausgang des Marktes noch immer nicht erreicht hat, ist auf einmal ein viel kleineres Ärgernis, der Markt ist nicht mehr ausschließlich ein Hindernis auf seinem Weg zum Hotel, denn er hat etwas gekauft, er hat das getan, was man auf einem Markt eben tut, und das rückt alles wieder in die richtige Perspektive. Für sich hat er eine Sonnenbrille gekauft, für Anke einen Speck, alles ist mehr oder weniger in Ordnung, und niemand braucht je zu erfahren, dass er für die Durchquerung von Meran länger gebraucht hat als nötig. Er blickt kurz auf, um nach den Bergen zu sehen, dann geht er weiter geradeaus (was bleibt ihm übrig, er muss dem Verlauf der Gasse folgen), auf den Ausgang zu.

Die Gasse ist lang, länger als sie seinem Empfinden nach sein dürfte. Sie scheint sich außerdem zu verengen. Am Ende mündet sie – natürlich – in eine T-Kreuzung. Ohne nachzudenken entscheidet er sich für rechts und biegt ab. Die neue Gasse wiederum ist sehr kurz, endet abrupt und führt ihn im rechten Winkel in die nächste Gasse, ohne ihm eine Wahl zu lassen. Er lässt sich mit den Menschen treiben, das ist die einzige Art vorwärtszukommen. Er fühlt sich wie im Hamburger Feierabendverkehr.

Die Gesichter der Leute, der Kunden und Verkäufer ziehen an ihm vorbei, über ihm wechseln die Farben der Markisen, Düfte folgen dicht aufeinander, Geräusche schwellen an und ab, er meint, Kirchenglocken zu hören, ist sich aber nicht sicher, Satzfetzen dringen an sein Ohr, vor seinen Füßen rollt eine Orange und begleitet ihn eine Zeitlang. Er biegt bei der nächsten Gelegenheit nach links ab, dann erneut nach links, in der Hoffnung, sich parallel zu der langen Gasse zu befinden, denn je länger die Gasse, desto näher der Ausgang. Wieder wird er an einem Obststand mit verlockenden Auslagen vorbeigeschoben. Vielleicht ist es der gleiche wie vorhin. Andererseits haben alle Obsthändler diese Früchte im Angebot, der eine hat mehr Äpfel, der andere mehr Birnen. Auch die Verkäufer sehen sich ähnlich, sie tragen blaue Schürzen, sind braungebrannt, reden zu laut. Er geht weiter, versucht, schneller zu gehen, wird gebremst und fügt sich. Selbst die Miederwaren können die gleichen sein wie vorhin, aber wenn es einen zweiten Miederwarenstand auf diesem Markt gibt, dann hat er mit Sicherheit fleischfarbene BHs in Übergrößen im Angebot, um mit der Konkurrenz mithalten zu können. Matthias bleibt ganz ruhig. Er trägt die weiße Plastiktüte, er fühlt ihr Gewicht. Die Sonnenbrille kühlt die Welt um ihn herum ab und hält sie auf Abstand.

Selbstverständlich kommen ihm die Minuten lang vor, er hat es schließlich eilig. Das ist alles ganz normal. Was kann ihm schon passieren? An einem Lederwarenstand bleibt er stehen, atmet durch, sieht einen Augenblick lang auf die Gürtel und Handtaschen, schaut dann nach oben in den blauen Himmel und gleich darauf auf seine Schuhe, seine vertrauten, freundlichen Schuhe, und als er wieder die Marktgasse entlangblickt, ist er sich plötzlich nicht mehr sicher, aus welcher Richtung er gekommen ist. Er marschiert los, stolpert fast, weil er so große Schritte macht, passiert erneut einen Obststand mit einem blaubeschürzten Verkäufer, macht kehrt, weil er all diese Früchte schon einmal gesehen hat, schon zweimal gesehen hat, ist froh, als er die Lederwaren wiedererkennt, und stürzt weiter, vorbei an Fleisch und Speck und Räucherwürsten, die von einer jungen Frau in weiße Plastiktüten verpackt werden, biegt nach rechts, sobald er kann, riecht Käse, Blumen und Schuhe direkt nacheinander, diese Reihenfolge kennt er bereits, er fängt an, Menschen anzurempeln, alle werden immer langsamer, nur er wird schneller, die Verkäufer rufen alle das Gleiche, egal, was sie loswerden wollen, sie rufen hinter ihm her, aber er hat keine Zeit, er darf nicht mehr stehen bleiben, wenn er stehen bleibt, wird er seine Richtung verlieren, und dann wird er nur immer im Kreis laufen, ohne je einen Ausgang zu finden oder wenigstens den Eingang, dann könnte er einfach einen großen Bogen gehen, um den Markt herum, dann käme er womöglich etwas zu spät ins Hotel, aber wer braucht schon die Unterlagen, am liebsten spricht er sowieso frei, am besten spricht er frei, und seine Gedanken sammeln kann er, sobald er diesen Markt hinter sich gelassen hat, auf den letzten Metern zum Hotel, das seiner Einschätzung nach nur einen Katzensprung von hier entfernt liegen muss.

Er ballt die Fäuste. Das hilft, seine Kräfte zu bündeln und in die Beine zu schicken, die ihn vorwärtstragen, dem Ausgang zu, der Speck schlenkert ihm gegen die Knie, er dreht sich seitwärts und drückt sich zwischen zwei dicken Frauen hindurch, da sind die Miederwaren wieder, er schaut nicht hin, er lässt sich nicht beirren, es ist nur eine Frage der Zeit, bis er hier raus ist. Er ist nicht wie Klaus, er fürchtet sich nicht vor Menschenmassen und er kann Richtungen gut einschätzen, das ist eine seiner Stärken, er muss sich nur auf seinen Instinkt verlassen. Er biegt nach links. Er riecht Gewürze. Sein Kopf fühlt sich ganz leicht an, als sei er mit Luft gefüllt oder sogar mit Helium, als wolle er sich vom Hals losmachen und in den Himmel verschwinden, um alles in Ruhe von oben zu betrachten.

Die Geräusche um ihn herum verdichten sich, bis sie zu einem Rauschen werden, das von außen in seine Ohren eindringt und sie verstopft. Er marschiert weiter. Er kennt dieses Rauschen und diese Leichtigkeit im

Gehirn, das Einzige, was hilft, ist die Bewegung. Die stetige Bewegung auf den Ausgang zu, denn es gibt einen Ausgang, es gibt immer einen, es ist nur eine Frage der Logik, ihn zu finden, man muss Richtungen einschlagen und sie beibehalten, sie wiederfinden, wenn man sie verloren hat, nur nicht umdrehen, zurückschauen, sich verwirren lassen. Es ist eine Frage der Konzentration.

Das Gelb der Bananen und das schmutzige Orange der Blutapfelsinen stechen in den Augen. Die Verkäufer lächeln aufdringlich. Das Aroma des billigen Leders und der scharfe Rauchgeruch der Würste reizen seine Nasenschleimhäute. Die T-Shirts, die an Kleiderbügeln zu seiner Linken von der Überdachung hängen, sind mit ihren bunten Aufdrucken und geschmacklosen Strassverzierungen gleichzeitig lächerlich und bedrohlich. Er versucht, möglichst flach zu atmen, um den Gasen zu entkommen, die in seine Lunge drängen, den Ausdünstungen der anderen Menschen, den Herbiziden auf den Blumen, der Appretur auf der Kleidung, den Insektiziden auf den Äpfeln, dem Klebstoffdunst von den Handtaschen aus Lederimitat. Er muss nur durchhalten, die Nerven behalten und nicht stehen bleiben, links abbiegen, geradeaus gehen, rechts abbiegen und gleich wieder links, dann weiter geradeaus, den Atem gleichmäßig halten, die Tüte möglichst wenig schlenkern lassen, keine Panik.

Doch die Panik kommt. Sie kriecht ihm über das Rückgrat den Nacken hinauf und nimmt den gleichen Eingang in den Schädel wie das Rückenmark. Sein schwebender Kopf mit den verstopften Ohren ist im Bruchteil einer Sekunde gefüllt mit blankem Entsetzen. Er spürt seine Augen, sie wollen aus den Höhlen springen, er spürt, wie ein Gurgeln seine Kehle hinaufsteigt und in den Mundraum drängt, er spürt, dass seine Knie einknicken wie Strohhalme, er umklammert die weiße Tüte und stürzt weiter vorwärts, hält sich auf den Beinen, leistet Widerstand mit letzter Kraft und presst den Mund zu, ballt die Fäuste und schluckt, um nicht schreien zu müssen. Dann stolpert er über einen kleinen Hund und schlägt der Länge nach hin. Es ist ein reines Wunder, dass im Gedränge genügend Platz dafür bleibt und er nicht im Fallen noch die eine oder andere Hausfrau mitreißt. Der Hund jault, und das ist das erste Geräusch, das Matthias wieder einordnen kann. Jemand hilft ihm auf die Beine. Er zittert, schwitzt, hat Nebel vor den Augen und lässt sich einfach führen. Irgendwo außerhalb des Marktplatzes setzt man ihn auf eine Bank und lässt ihn allein. Die weiße Tüte mit dem Speck für Anke stellen sie neben ihn. Natürlich haben sie gefragt, ob es gehen werde, und natürlich hat er genickt.

Langsam wird seine Sicht besser, die Wahrnehmung differenziert sich, alle Gerüche und Geräusche zerfallen und lassen sich zuordnen, und mit der Schärfe der Sinne kehrt seine Orientierung zurück. Er sitzt auf einer Bank in Sichtweite des Marktes, er blickt auf eine größere Straße, die ihm bekannt vorkommt und sich nach kurzem Überlegen als die Straße identifizieren lässt, auf der er gestern vom Bahnhof aus im Taxi zum Hotel gefahren ist.

In seinem Kopf beginnt es zu summen, dann singt es, es ist das Lied des Kindes vorhin: »Sing man tau, sing man tau, von Herrn Pastor sien Kau, jau jau«, er kennt die Stimme. Denkt an etwas anderes, an Tom Petty (»Into the Great Wide Open«), an das Halleluja von Händel, »Im weißen Rößl am Wolfgangsee, da steht das Glück vor der Tür«, nichts hilft, es ist seine Schwester, Ulrike, die da singt, das hat ihm nun gerade noch gefehlt. Er konzentriert sich auf die Gegenwart, auf die Situation, auf seine eigenen Gedanken, wenn er die beisammenhält, kann ihm nichts passieren.

Auf dem Marktgelände fängt man gerade an, die Stände zusammenzubauen. Er könnte sich selbstverständlich am Riemen reißen, aufstehen, losmarschieren und zusehen, dass er noch rechtzeitig zum Vortrag kommt, weitermachen, als sei nichts gewesen. Aber wer weiß, wie gut er sich auf sich selbst verlassen kann. Er schafft es ja nicht mal, den Gesang in seinem Kopf abzustellen. Ist man erst einmal anfällig geworden, produziert das Gehirn ungefragt Assoziationen wie Gewehrsalven, eine nach der anderen, schneller als man verarbeiten kann. Und kaum hat das Gehirn etwas von seinem unermesslichen Speicher freigegeben, lässt sich das nicht einfach rückgängig machen, keiner weiß das besser als er. Die Menschen machen die merkwürdigsten Sachen, um es zu versuchen.

Was also, wenn sein Kopf anfinge, sich einen Dreck um die Erfordernisse der Gegenwart zu scheren und seine gesamte Kapazität mit Vergangenheiten auslastete, wenn die Panik wiederkäme, wenn die Verwirrung zurückkehrte. Womöglich während seines Vortrags, während der Podiumsdiskussion, während er mit Kollegen zusammensitzt. Es kann einen in einem solchen Zustand jederzeit hinterrücks überfallen. Und noch einmal wird er das nicht überstehen, nein, ganz sicher, wenn er ein weiteres Mal in einen solchen Strudel hineingerät, wird er das nicht verkraften, vor allem nicht, wenn Leute dabei sind. Er merkt, wie es erneut im Nacken zu kribbeln beginnt, allein bei der Vorstellung, es könnte ein weiteres Mal passieren, zum Beispiel beim Abendessen, weil der Schweizer plötzlich unbedingt allen von seinem überfahrenen Lieblingshund erzählen will. Ruhig muss man werden, sich nicht einwickeln lassen, einen Teufelskreis um jeden Preis verhindern. Also sitzen bleiben, weiter tief atmen, sich auf die Wattewolken hoch oben konzentrieren, sich ihre Vollkommenheit vor Augen führen und dabei ganz nebenher den Kreislauf stabilisieren.

Trotzdem fängt sein Gehirn bereits an, Bilder auszuspucken, am deutlichsten das der Schauspielerin Jutta Speidel, die in jüngeren Jahren seiner Schwester ähnlich sah und deren Gesicht sich in seinen Gedanken ständig dazwischenschiebt. Nicht allzu lange nach dem Tod seiner Schwester gab es eine Fernsehserie mit Jutta Speidel in der Hauptrolle, die er sich gemeinsam mit Anke ansah. Nach einzelnen Folgen am Abend hatte er, wenn er am nächsten Tag zu seiner Praxis fuhr, kleinere Schwindelanfälle mit vorübergehender Beeinträchtigung des Orientierungsvermögens. Ein paar Mal gab es größere Aussetzer, die aber nicht in Zusammenhang mit einem bestimmten Auslöser zu bringen waren. Einmal verlief er sich dabei im Stadtpark. Da half es, einfach in Bewegung zu bleiben, er ging immer weiter, bis ihn die Beine kaum noch trugen und die Büsche immer näher an ihn heranrückten und ihm den Weg zu versperren drohten. Er taumelte vollkommen erschöpft an der U-Bahn-Haltestelle hinaus. Ein anderes Mal verirrte er sich im Baumarkt, das war weit schlimmer, weil er nicht mehr alleine herausfand und sich in einem Hohlweg aus riesigen Holzlatten auf den Boden setzen musste. In einem Parkhaus übergab er sich nach einer fast einstündigen Odyssee hinter einem Jeep, der, wie sich herausstellte, nur fünf Plätze von seinem eigenen Wagen entfernt stand.

Er hat Anke nie von diesen Vorfällen erzählt, sie waren, im Nachhinein betrachtet, kaum der Rede wert. Sie hielt ihn jedenfalls für tapfer im Umgang mit dem Verlust und für realistisch. Und das war er ja auch und ist es bis heute geblieben.

Auch ihr fiel natürlich die Ähnlichkeit mit Jutta Speidel auf, sie sprach ihn sogar darauf an. »Denkst du an Ulla, wenn du sie siehst?«

Seine Schwester hieß Ulrike, nur er nannte sie Ulla, das hat Anke natürlich übernommen. Sie hat sie nie kennen gelernt.

»Manchmal.«

»Und ist das nicht schwer für dich? Tut das nicht weh?«

Er weiß nicht mehr, was er ihr geantwortet hat, aber es muss eine kluge Antwort gewesen sein, denn Anke war irgendwie beeindruckt. Vermutlich etwas in der Art, dass Leben und Tod zusammengehören, dass Verluste selbstverständlich schmerzhaft sind, aber dass ein vernünftiger Mensch lernen kann, mit ihnen zu leben. Wie auch immer man es eben schafft, solche Dinge zu formulieren als Antwort auf die Frage, ob einen der Anblick von Jutta Speidel verstöre.

Er betrachtet seine Hände. Er legt sie in den Schoß, die Handflächen nach oben. Gerne würde er sein Gesicht hineinlegen. Sich ausruhen, für eine gewisse Zeit einfach nur blind und taub sein für die ganze Welt. Er sieht hinab auf die Furchen und Falten, die sie durchziehen; die Hände sehen aus wie eine Gussform, und er traut sich nicht, sein Gesicht abzulegen, denn er fürchtet auf einmal, es würde hinterher uralt aussehen.

Zweiter Teil
Bären und Wölfe

1

Er geht zurück zum Hotel. Vom Markt aus ist es leicht zu finden, und Matthias geht weder schnell noch langsam; die Uhr im Foyer zeigt halb zwei. Er setzt die Sonnenbrille ab und verstaut sie in seiner Hemdtasche. Im Flur vor seinem Zimmer steht der Bayer und freut sich.

»Wir suchen dich«, sagt er, und dann etwas, das Matthias nicht versteht.

»Tut mir leid.«

»Wir haben auf dich gewartet.«

»Ich weiß.«

Der Bayer sieht ihm direkt ins Gesicht, nickt dann ein wenig und verkündet: »Du bist krank.«

Matthias findet, dass er redet wie ein Ausländer, der sein Deutsch nur in einfachen Hauptsätzen sicher beherrscht. Dabei hat der Mensch doch noch am Vorabend einen Witz nach dem anderen erzählt. Er starrt auf das Namensschildchen, das der Bayer sich an die Hemdbrust gesteckt hat, kann aber die Aufschrift nicht entziffern.

»Vielleicht«, sagt er.

»Nein, das sieht man. Du gehst in dein Zimmer und legst dich hin. Ich sag den anderen Bescheid, dass der

Vortrag ausfällt. Und dass sie dich in Ruhe lassen sollen.«

Matthias weiß nicht, was er antworten soll. Er ist von Dankbarkeit erfüllt und von einer seltsamen Ehrfurcht diesem plumpen Mann gegenüber. Das Letzte, was er von einem Psychologen erwartet hätte, ist Sensibilität. Er nickt, wühlt die Hotel-Karte aus der Tasche seiner Jacke und steckt sie in den Scanner an der Zimmerür.

»Gute Besserung«, sagt der Bayer, und bevor Matthias es verhindern kann, packt er ihn, indem er ihm seine Pranken um die Schultern legt und kräftig zudrückt. Die Energie, die von den Händen seines Kollegen ausgeht, fährt ihm direkt in die Kehle oder auch in den Magen, es lässt sich merkwürdigerweise nicht genau differenzieren, jedenfalls ist es unangenehm und beklemmend. Er windet sich aus dem Griff, murmelt einen Dank und verschwindet in seinem Hotelzimmer. Der Bayer schiebt die Tür hinter ihm zu.

Sofort tut er das, was man ihm angeraten hat. Er lässt die Jacke auf den Fußboden fallen, wirft die Tüte mit dem Speck auf den Sessel und legt sich aufs Bett. Er starrt an die Decke. Die Sonne leuchtet das gesamte Zimmer aus, er liegt wie im Scheinwerferlicht. Er traut sich nicht, die Augen zu schließen, weil er nicht weiß, was für Bilder er sehen wird. Seine Unterschenkelmuskeln zucken.

Schließlich setzt er sich auf, greift nach dem Hoteltelefon auf dem Nachttisch und ruft Anke an. Er muss einen Moment überlegen, bis ihm die Nummer ihres

Büros einfällt, und das beruhigt ihn irgendwie. Bei Telefonnummern überlegen zu müssen ist so ähnlich wie auf einem Markt etwas einzukaufen. Es ist normal und gehört zusammen.

Was wird er Anke sagen? Weiß sie, dass er um diese Zeit eigentlich seinen Vortrag halten sollte? Aber er muss sich bei ihr melden, egal, wie es in ihm aussieht oder was ihm passiert, sie wird sonst unruhig werden. In der Tat, er kann das Telefonat nicht länger aufschieben, ihretwegen, sie muss wenigstens einmal seine Stimme hören, sicherlich wartet sie darauf.

Der Anrufbeantworter geht dran.

»Hallo Anke, ich bin's. Wollte mich nur kurz melden. Mir geht es gut, habe eine gute Fahrt gehabt, Meran ist wirklich schön, tolles Wetter. Hab mein Ladegerät vergessen, und der Akku ist fast alle. Hier ist alles so weit in Ordnung, das Hotel ist ganz gut, das Essen auch. Wollte eigentlich schon gestern Abend angerufen haben, aber dann war es sehr spät. Also. Mir geht es gut hier, mach dir keine Gedanken. Wollte nur mal kurz aus dem Süden grüßen: Ciao.«

Dann legt er auf. Er ist ganz zufrieden mit dem Anruf, auch wenn er dann doch vergessen hat, sich nach ihr zu erkundigen. Wenigstens ist es erledigt.

Das Telefon klingelt, er nimmt ab und meldet sich.

»Was war denn los?« Es ist Katrin. »Ich hab mir plötzlich Sorgen gemacht. Ich hab schon mehrmals versucht anzurufen.«

»Woher hast du meine Nummer?«

Ihr Lachen kommt ihm aus dem Hörer entgegen, er

hält ihn ein Stück vom Ohr weg. »Es gibt hier nur ein Hotel, in dem momentan eine Tagung stattfindet.«

Er weiß nicht, was er sagen soll. Während Katrin redet und redet, sinnloses Zeug über ihn und sie und seine Schwester, atmet er in den Hörer, irgendwann murmelt er eine Entschuldigung und legt einfach auf.

Dann streckt er sich auf dem Bett aus. Starrt an die Decke. Wartet. Auf die innere Entspannung, die Müdigkeit, die Erlösung. Sein eigener Kopf arbeitet gegen ihn. Bilder tauchen auf, unscharf, weit weg, sein Gehirn hat nach dem Gesicht von Jutta Speidel noch so einiges andere zu dem Thema gefunden und spuckt weiter unerwünschte Erinnerungen aus; bisher ist alles vage, wie Wörter, die man auf der Zunge hat, deren Geschmack man wahrnimmt, ohne ihren Namen zu kennen. Er muss aufstehen, arbeiten, sich in irgendetwas vertiefen. Liegenbleiben hat keinen Sinn, wenn er länger reglos verharrt, werden die Bilder konkret werden, er muss sie in Schach halten, zurückdrängen. Am Schreibtisch nimmt er sich seine Unterlagen vor, blättert die Seiten durch, die bereits geschrieben sind, klappt den Laptop auf, liest einen Absatz mehrmals, lässt seine Finger über der Tastatur schweben. Seine Schwester fängt wieder an zu singen: »Sing man tau, sing man tau.« Er muss seinem Körper etwas zu tun geben, seine Augen mit aktuellen Eindrücken versorgen, Gegenwart ist das beste Mittel gegen Vergangenheit. Im Badezimmer setzt er sich aufs Klo und wartet, irgendwann steht er auf, vermeidet es, sich im Spiegel zu betrachten, aber das ist fast unmöglich, der Spiegel ist riesig, beinahe unverschämt aufdringlich, was denken sich diese Hotelleute eigentlich, glauben sie, dass ein Mann sich im Bad dauernd von Kopf bis Fuß betrachten will?

Die Schuhe hat er noch an, die Jacke liegt vor der Tür auf dem Fußboden. Wieder im Zimmer nimmt er den Apfel, den Anke ihm mitgegeben hat, aus dem Aschenbecher und steckt ihn in die äußere Jackentasche, die Jacke legt er über seinen Arm. Er sieht das Sonnenlicht, das die nüchterne Einrichtung und das Matthias-Chaos vergoldet, und er denkt an die Haare seiner Schwester, vor seinem inneren Auge steht deutlich ihr Gesicht, nicht das Ersatzgesicht von Jutta Speidel, sondern ihr eigenes, wie er, nur er allein es in Erinnerung hat. Sieht sie mit krummem Rücken auf dem alten Bett in seiner Studentenbude sitzen, sie kratzt sich am Kopf, ohne ihre Zigarette dafür aus der Hand zu legen.

Er konzentriert sich. Denkt an Anke, an Katrins Nacken. Nein, lieber nicht daran. Eine andere Bude holt er sich aus dem Gedächtnis, ein Ferienzimmer, ganz ohne seine Schwester, dafür ausgestattet mit einer jungen Version von Anke, die sich aus dem Fenster lehnt und einen Jubelschrei über das Meer schickt. Aber seine Schwester singt hartnäckig dagegen an, sie kann sogar einige Strophen auswendig, unverdrossen zerlegt sie in seinem Kopf weiter auf Plattdeutsch des Pastors Kuh. Das Telefon klingelt wieder. Er zögert keine Sekunde länger und verlässt das Zimmer.

Er ist Fachmann; wenn er an etwas nicht denken möchte, muss er es auch nicht. Das, woran er denkt, sucht er sich aus, er erinnert sich mit Absicht, wenn er sich erinnert. Und früher oder später wird es ihm auch noch gelingen, diesen nervtötenden Gesang in seinem Kopf abzustellen.

Der Anruf seiner Eltern kam, als sie schon tot war. Eine Nacht lang hatte Ulla im Koma gelegen, und erst als sie am nächsten Morgen gestorben war, benachrichtigten sie Matthias, und er fuhr sofort von Hamburg aus los, nahm den nächsten Zug, aber als er in Lübeck ankam, war sie bereits abgeholt worden. (Sie war am späten Abend des Vortages bei Rot über eine Straße gegangen, ein Wagen hatte sie voll erwischt, es war schon dunkel gewesen.)

Seine Eltern schienen gefasst. Noch im Auto, auf dem Weg vom Bahnhof nach Hause, sagte seine Mutter: »Genau genommen ist es ja ein Segen, dass sie einfach gestorben ist. Sie hätte genauso gut monatelang im Koma liegen können, so dass man am Ende eine dieser Entscheidungen hätte treffen müssen.«

Auch er war ziemlich ruhig. Niemand fragte, ob er seine Schwester ein letztes Mal sehen wolle.

Sie war vor nicht allzu langer Zeit von zu Hause ausgezogen; während der Ausbildung hatte sie bei den Eltern gewohnt, ebenso wie Klaus, der gerade dabei war, Versicherungskaufmann zu werden, und noch sein altes Zimmer im ersten Stock bewohnte. Matthias war als Einziger schon länger weg, er sah die Familie in größeren Abständen. Manchmal hatte Ulla ihn auch in Hamburg besucht, dann hatte er sie herumgeführt, sie seinen Freunden vorgestellt und war heimlich stolz auf sie gewesen, auf ihre ganz besondere Wirkung auf Männer, die sich so schwer definieren ließ und gar nichts mit den herkömmlichen Begriffen von Attraktivität zu tun hatte. Besonders Günther war von ihr beeindruckt gewesen, er hatte mehrmals versucht, sich mit ihr allein zu verabreden. Eine Zeitlang hatte Ulla dann einen festen Freund gehabt, Christian Donaubaur, den Matthias nicht besonders mochte. Gelegentlich telefonierte er mit seiner Schwester, sie rief an, wenn sie etwas auf dem Herzen hatte, er rief an, wenn er allzu lange nichts von ihr gehört hatte. In ihrer eigenen Wohnung hatte sie kein Telefon. Der Apparat in ihrem Elternhaus stand im Wohnzimmer auf einem Beistelltischchen, es ließ sich am besten reden, wenn keiner sonst zu Hause war.

Er blieb zunächst in Lübeck. Alles ging seinen Gang, der Bestatter nahm ihnen die meisten Sachen ab, es gab eine kurze Begegnung mit der Polizei, nach einer Woche konnte die Beerdigung stattfinden. Seine Eltern baten ihn, ein paar Worte zu sagen, als älterer Bruder, und war sie nicht auch gerade erst noch bei ihm gewesen, vor ein paar Tagen? Wahrscheinlich war ihnen selbst nichts eingefallen. Er kam ihrer Bitte nach, trat während des Gottesdienstes nach vorne und sprach einige Sätze, danach verließ er die Kirche und ging spazieren. Die Beisetzung verpasste er.

Am Abend saßen sie, seine Eltern, sein Bruder und er, zusammen im Wohnzimmer. Seine Mutter hatte Schnaps aus dem Tiefkühlfach geholt, Aquavit, sie kippten ihn herunter wie Alsterwasser nach einer Radtour. Ein Teil der Unterhaltung, die zustande kam, entging ihm, er starrte auf die beginnende Dunkelheit hinter den Fensterscheiben, auf die Spiegelbilder der Personen im Zimmer, das gespiegelte Sofa, die Schnapsflasche, den Beistelltisch; er sah seinen Vater im Sessel sitzen, entspannt, erschöpft wahrscheinlich, er wirkte enttäuscht, ratlos, und Matthias fragte sich, ob das ein passendes Wort war, um seinen Vater zu beschreiben.

Er hörte erst wieder zu, als Klaus seine Mutter fragte: »Was hast du zu dem Mann gesagt?«

»Dass es nicht seine Schuld war und er sich nicht grämen soll. Wir tragen ihm nichts nach.«

Matthias wusste nicht, wovon die beiden redeten. Anscheinend ging es um den Teil der Beerdigung, bei dem er nicht dabei gewesen war.

»Hast du wirklich ›grämen‹ gesagt?«, fragte Klaus.

»Ich weiß nicht mehr«, sagte seine Mutter, »jedenfalls tat er mir leid. Er ist ja extra gekommen, also muss es ihm nahegegangen sein. Ich fand, man sollte mit ihm reden, oder nicht?«

»Natürlich ist es ihm nahegegangen, er hat schließlich jemanden überfahren. Das würde mich auch nicht gerade kaltlassen«, sagte Klaus.

Jetzt begriff Matthias. »Der Fahrer war da? Auf der Beerdigung?«

»Er war nicht im Gottesdienst, nur hinterher, und er stand ganz weit weg, weil er nicht stören wollte. Ich bin zu ihm gegangen.«

»Hat er auch was gesagt?«, fragte Matthias.

»Nein«, sagte seine Mutter. »Komisch. Ich glaube, er hat gar nichts gesagt.«

»Die Leute quälen sich mit Schuldgefühlen herum«, sagte sein Vater. Alle warteten, dass der Satz weiterging, aber es kam nichts mehr.

»Wie gesagt«, meinte Klaus, »es ist keine feine Sache, jemanden zu überfahren. Ich hab mal ein Reh gerammt, ich glaube, es hat überlebt, ist jedenfalls weitergehoppelt, aber allein der Aufprall. Hinterher haben mir die Hände gezittert.«

»Die Ampel war grün, der Mann ist gefahren, das hätten wir alle gemacht«, sagte sein Vater. »Hast du ihm das gesagt?«

»Nicht direkt.«

»Du hast es doch gehört. Sie hat ihm gesagt, er soll sich nicht ›grämen‹«, sagte Klaus.

»Hör auf, so zynisch zu sein«, sagte Matthias. Klaus verzog den Mund, blieb aber still.

»Ich verstehe das nicht«, sagte seine Mutter. Sie stützte den Kopf mit ihrer Hand ab, den Ellbogen auf dem Oberschenkel, sie sah aus wie die Statue des Denkers. »Wieso ist sie rübergegangen? Wieso hat sie so was Dummes gemacht?«

»So war sie eben«, sagte Matthias.

»Wie? Dumm?«, fragte Klaus.

Matthias sah ihn finster an. Er hätte Klaus gerne gesagt, dass er ja viel zu feige sei, um bei Rot über die Straße zu gehen. Aber er nahm eben Rücksicht auf seine Eltern und die ganze Situation.

Sie tranken noch mehr Aquavit. Es wurde Nacht,

keiner stand auf, keiner ging aufs Klo oder in die Küche, keiner wollte Abendbrot. Irgendwann fing sein Vater leise an vor sich hinzusingen, Matthias erkannte die Melodie und ihm war nach Mitsummen zumute. »Es ist einmal im Leben so, allen geht es ebenso, was man möcht so gern, das liegt fern.« Sie waren alle ziemlich betrunken, Matthias hörte später seine Mutter im Badezimmer unkontrolliert kichern.

Am nächsten Tag war er wieder in Hamburg, er hatte schon zu viel versäumt und musste aufholen, immerhin war es sein letztes Semester. Das Arbeiten fiel ihm leicht nach dem Tod seiner Schwester, leichter als alles andere, und es rettete ihn, wie es seiner Ansicht nach alle vernünftigen Menschen rettet in solchen Fällen.

2

Er durchquert das Hotelgelände, wobei er sich im Schatten der Bäume hält, er will nicht, dass man ihn aus einem der Tagungsräume beobachten kann, denn offiziell ist er schließlich unpässlich. Dann geht er über die Straße und wandert los. Natürlich fürchtet er, sich erneut zu verirren, aber besser, es passiert ihm mitten in Meran als mitten unter seinen Kollegen. Und in Bewegung muss er bleiben; dass das Arbeiten schon wieder nicht klappt, ist ein schlechtes Zeichen.

Er kommt an der kleinen Café-Bar vorbei, die der Anlage gegenüberliegt, jemand öffnet gerade die Tür, und ein Geruch nach Kaffee und Spülwasser weht ihn an. Die Innenstadt, in die er eintaucht, sobald er einige Nebenstraßen abgelaufen hat, erscheint ihm jetzt vertraut. Er erkennt die Kreuzungen wieder, die Einkaufsstraße mit ihren Gewölben, es erscheint absurd, dass er je Orientierungsschwierigkeiten in diesem überschaubaren kleinen Teil der Stadt hatte.

Bereits nach kurzer Zeit erreicht er die Promenade und zögert. Er weiß nicht genau, was er jetzt vorhat, was das Richtige ist. Vor allen Dingen muss er jetzt seinem Kopf die Gelegenheit geben, das Leck zu stopfen, aus dem die Bilder schlüpfen (seine Schwester als Kleinkind, als Teenager, immer wieder auf seinem Bett mit Zigarette).

Die Promenade – vorn die perfekten Postkartengipfel, hinter ihm der Fuji – wirkt leerer als am Morgen, vermutlich sind viele Leute noch beim Mittagessen oder ruhen sich aus. Es riecht ab und zu nach Restaurantküche, die Sonne wärmt erheblich (er schwitzt), der Fluss gleißt und funkelt, dabei zieht eine leichte, kühlende Brise aus seiner Richtung. Die Blumen wirken in dem hellen Licht farbloser als heute Morgen, außerdem sehen sie aus, als könnten sie alle einen Schluck Wasser vertragen. Die Tauben sitzen herum und scheinen zu dösen. An den Wasserspielen stehen Kinder, andere als heute Vormittag offenbar, bei ihnen muss es einen Schichtwechsel gegeben haben. Er holt seine Sonnenbrille heraus. Ein guter Kauf. Die einzig sinnvolle Handlung an diesem Tag.

Die Bank, auf der er am Morgen mit dem Jungen gesessen hat, ist besetzt. Ein Paar sitzt dort, beide älter, grauhaarig, sie starren mit müdem Blick vor sich hin und trinken nacheinander aus einer Wasserflasche, die zwischen ihnen steht. Eine Frau mit rotblonden Haaren geht vorbei. Er folgt ihr. Er muss sehen, wie sie von vorne aussieht (ganz anders als Ulla nämlich). Als sie stehen bleibt und sich umdreht, sieht er, dass sie ziemlich alt ist, älter jedenfalls, als er dachte. Wahrscheinlich ist die Haarfarbe nicht echt.

Ankes Haare sind dick wie Pferdehaar. Als sie sich kennen lernten, trug sie sie lang; wenn sie einen Zopf machte, war der so dick und schwer, dass er ihn ab und zu fasziniert anheben musste, um sein unglaubliches Gewicht zu spüren. Die grauen Strähnen schlichen sich nach und nach ein und marmorierten das Haar, ein paar Mal experimentierte sie mit Henna. Jetzt ist ihr Haar durchgehend grau, allerdings in unterschiedlichen Schattierungen, es sieht mehr denn je aus wie Pferdehaar – sie bezeichnet die Farbe als »Apfelschimmel«. Er erinnert sich auch gut an die bunten Stoffe, die weiten, langen Röcke, die sie ganz früher immer anhatte, jetzt trägt sie Anzüge, Etuikleider, Kapuzenpullover und T-Shirts mit sinnlosen Aufschriften. Wer kann sagen, wie jemand sich entwickelt hätte, der mit Mitte zwanzig aufgehört hat zu existieren. Er begreift ja kaum die Veränderungen seiner eigenen Frau.

Die Promenade hilft ihm nicht weiter. Er will gar nicht hinter Frauen herlaufen, nur um sich zu beweisen, dass sie anders aussehen als seine Schwester. Er will auch nicht über kleine Kinder nachdenken, die verloren gehen und gerettet werden müssen und sich am Ende als Boten aus einer Parallelwelt herausstellen, in der man es bis zum Großonkel von jemandem gebracht hat, und vor allen Dingen will er, dass seine Schwester endlich aufhört, seinen Kopf für sich zu beanspruchen mit ihren lächerlichen Volksliedern.

So hartnäckig war sie noch nie. Er muss hier weg, am besten ganz raus aus der Stadt. Wie soll die Gegenwart die Vergangenheit verdrängen, wenn das eigene Gehirn sich an jeder Kleinigkeit aufhält, die sich ihm bietet, und alles, was es dazu in seinem Speicher findet, doch nur Splitter oder Reste von Erinnerungen sind, Gedächtnisscherben, die keine Ergebnisse liefern, sondern nur zusammenhangslos herumschwirren und einem keine Ruhe lassen. Im Grunde weiß er ohnehin viel zu wenig, um die einzelnen Puzzleteile zusammensetzen zu können. Besser, man versucht es gar nicht erst. Man wird sonst verrückt dabei.

Anke wollte anfangs alles über seine Schwester wissen. Ab und zu unternahm er einen Versuch, etwas zu erzählen, aber schon damals stellte er meistens fest, dass seine Geschichten einfach ohne Pointe versandeten. Eine Zeitlang fragte Anke ihn nach Fotos, und ihr zuliebe besorgte er einige Bilder aus Lübeck. Sie schaute sie sich immer wieder an, ließ sich die Umstände der Aufnahmen erklären, ein paar rahmte sie sogar, es schien ihr ein Bedürfnis zu sein. Vielleicht, weil sie selber keine Geschwister hat.

Sie haben die Bilder letztlich nie aufgehängt, und abgesehen von einem Sessel besitzen sie nichts, was Ulla gehört hat. Nicht, dass sie viel hinterlassen hätte. Am Ende hat sie in einer kleinen Wohnung gelebt, unter dem Dach, im Sommer war es sehr stickig dort, im Winter eigentlich auch. Er ist nicht oft da gewesen. Meistens saß nämlich Christian Donaubaur auf dem Boden herum und machte sich breit. Man hockte auf dem Boden bei Ulla, weil sie nur einen einzigen Sessel besaß. Nach ihrem Tod, als sie die Wohnung leerräumten, sah dieser Sessel dann fast unbenutzt aus. Matthias hat ihn bekommen. Zur Wohnungsauflösung war er extra nach Lübeck gefahren, denn seine Eltern brauchten jemanden, der die schweren Gegenstände tragen konnte. Klaus hatte keine Zeit, er war vorher einmal dort gewesen und hatte den Eltern hinterher gesagt, was er gern hätte (Geschirr, das Radio, zwei Regale). Sie standen zu dritt in Ullas ehemaligem Wohnzimmer, sahen sich um und erkannten nichts wieder, obwohl alles an seinem üblichen Platz stand. Sie schleppten Sachen heraus, warfen einiges weg, verschenkten anderes, die Nachbarin hatte sich für die Blumenkästen interessiert und bekam auch noch die Bettwäsche dazu, der Inhalt des Kleiderschranks wurde ans Rote Kreuz gegeben. Matthias bekam den Sessel und das Besteck, obwohl er keinen Wert darauf legte, aber seine Mutter fand, er könne es gut gebrauchen in seiner Bude in Hamburg, wo das Sofa durchgesessen war und es überhaupt keine Kuchengabeln gab. Die Sachen brachten seine Eltern ihm mit dem Auto bei ihrem nächsten Besuch.

Damals steckte er gerade mitten im Diplom. So gesehen hätte es für all das schlechtere Zeitpunkte geben können. Außerdem hatte Ulla seit ein paar Jahren Geld gespart, während gleichzeitig die Eltern die Miete für ihre neue Wohnung und noch so einiges andere bezahlt hatten. Nachdem sie nicht mehr da war, hatten seine Eltern plötzlich Kapazitäten frei, und so ergab es sich, dass sie ihm die Therapeutenausbildung finanzieren konnten, für die er sonst kein Geld gehabt hätte. Bis dahin hatte er nicht einmal genau gewusst, ob er die zusätzliche Ausbildung wirklich machen wollte, aber als es auf einmal so leicht war und noch dazu seine Kommilitonen anfingen, ihm mit ihrer Fragerei nach seinem Befinden auf die Nerven zu gehen, war für ihn die Entscheidung gefallen. Er wollte Therapeut werden, und zwar ein besserer als sie alle, einer, der die Probleme anpackte und beseitigte, der wirklich half, keiner, der einfach nur quatschte und quatschen ließ.

Abgesehen von den gelegentlichen Aussetzern in der räumlichen Orientierung hatte er wenig zu kämpfen. Er hatte keine Konzentrationsstörungen, eher im Gegenteil, er konnte besser arbeiten als je zuvor. Die Trauer machte ihn scharfsinnig. Natürlich war er verstimmt. Natürlich war er ungesellig. Das war normal, wenn das ausgeblieben wäre, hätte man Anlass zur Sorge gehabt. Er wusste Bescheid über die gängigen Trauerphasen und konnte jede einzelne an sich entdecken. Er sah seine Schwester auf der Straße oder im Supermarkt, träumte von Zügen, die abfuhren, während er auf dem Bahnsteig zurückblieb, hörte ihre Stimme im Kopf. Natürlich vermisste er sie.

Er hatte sie vorher schon vermisst. Sie hatten sich viel

zu selten gesehen, sie waren beide zu erwachsen geworden. Und manchmal wachte er morgens auf und dachte: Ulla könnte sich aber auch mal wieder melden. Erst beim Frühstück, wenn er den Sessel in der Ecke stehen sah, fiel ihm ein, dass sie tot war.

Anke war einige Monate zuvor aufgetaucht. Er hatte sie bei irgendeiner Feier kennen gelernt, ein paar Mal begleitete sie ihn zur S-Bahn, dabei schob sie ihr Fahrrad neben sich her. Er hatte sogar Ulla von ihr erzählt, bei ihrem letzten Besuch in Hamburg. Oder vielleicht hatte er sie ein paar Mal auch am Telefon erwähnt. Jedenfalls sagte Ulla aus heiterem Himmel, während sie spätnachts zusammen auf dem Bett saßen: »Diese Anke scheint sehr nett zu sein.«

Während seiner Examenszeit sahen Anke und er sich selten, er war viel zu beschäftigt, um mit irgendjemandem langsam zu Bahnstationen zu schlendern. Aber als sie wieder aufkreuzte und seine Aufmerksamkeit suchte, als sie zueinander fanden und sich verliebten und auch später, als sie tatsächlich heirateten, war er manchmal froh, dass er Ulla von ihr erzählt hatte (nicht, dass er ihren Segen gebraucht hätte).

Den Sessel hat er nie weggeworfen, Anke wollte ihn unbedingt behalten, und so hat er jeden Umzug treu mitgemacht. Jetzt steht er in einem der überflüssigen Zimmer in ihrem rosa Haus und wird nie benutzt. Sie nennen ihn »Ullas Sessel«, das war Ankes Idee, wenn es nach ihm gegangen wäre, hätten sie ihm keinen Namen geben müssen. Er sitzt nur deshalb nicht darin, weil sie andere Sessel haben, die bequemer sind.

3

Die Promenade hat sich in Falten gelegt und begonnen, sich in großzügigen Kurven den Hang hinaufzuwinden. Die Bebauung hat sie hinter sich gelassen, hier gibt es nur noch Pflanzen; Bäume und Stauden hauptsächlich, zum Teil sehen sie exotisch aus. Der Fluss muss sich an dieser Stelle zwischen zwei Felswänden hindurchschieben, und er tut das mit lautem Gebrüll und wütendem Schäumen, großes Gestein ragt aus dem Wasser, so dass sich Stromschnellen bilden. Es riecht nach Feuchtigkeit, als könnte man die feinen Wassertropfen in der Luft spüren, die entstehen, wenn der aufgebrachte Fluss an den steinigen Hindernissen zerstäubt. Dahinter wird das Wasser ruhig, von etwas weiter oben kann Matthias ein paar Forellen stehen sehen. Der Fluss wirkt an dieser Stelle befriedet, abgekämpft. Matthias hält nicht an. Er folgt dem Weg, immer weiter den Hang hinauf, und hofft, irgendwohin zu gelangen, zu einem Aussichtspunkt, einer Hochebene, einem Taleingang, irgendetwas, das ihm ein gutes Gefühl gibt und dafür sorgt, dass dieses Gelaufe zu einer anständigen Wanderung wird und seinen Fluchtcharakter ablegt. Damit man später sagen kann, man hätte es um keinen Preis verpassen wollen.

Er legt ein ordentliches Tempo vor, es ist anstrengend, aber es soll jetzt schnell gehen, er will weg hier. Sein Kreislauf schickt ihm ab und zu ein kleines, hilfloses Signal, das er geflissentlich ignoriert. Er überholt Touristen, würdigt die exotische Bepflanzung keines weiteren Blickes, hört seinen eigenen keuchenden Atem und sonst wenig anderes, und allmählich fühlt es sich fast so an, als hätte er ein Ziel.

Im letzten Spätherbst lief er einmal hinter Anke her, als sie Nordic Walking machte. Obwohl sie einen Vorsprung von einer guten Viertelstunde hatte, schaffte er es, sie einzuholen. Sie fiel aus allen Wolken, als er plötzlich hinter ihr angehechelt kam. Sie blieb abrupt stehen, sah ihn erschrocken an und fragte: »Was ist passiert?« Er blieb ebenfalls stehen, legte die Hände auf die Oberschenkel, den Rumpf vorgebeugt, und versuchte erst einmal, wieder anständig zu atmen. Dann sagte er: »Nichts. Ich wollte dich überraschen.«

»Na, das ist dir gelungen«, sagte sie. Mit einem ihrer Stöcke klopfte sie ihm in die Kniekehlen. »Weiter geht's.«

Sie gingen schweigend nebeneinander her, Anke konzentrierte sich auf ihre Technik, den Blick nach vorn gerichtet. Er hielt Schritt, kontrollierte seinen Atem, um kein Seitenstechen zu bekommen, und fühlte sich unheimlich getröstet. Natürlich war er nicht hinter ihr hergekommen, um sie zu überraschen. Er wollte bei ihr sein.

Es war ein Samstag gewesen, die Post war vormittags gekommen, aber er öffnete seine Briefe erst nach der Mittagspause am Schreibtisch. Da war Anke schon im Flur dabei, ihre Schuhe anzuziehen und sich ihre Stöcke zu schnappen, während er sich in seinem Arbeitszimmer ausbreitete. Freundliches, warmes Licht sickerte herein, er hatte einen entspannten Arbeitsnachmittag vor sich, wollte sich um Rechnungen kümmern und ein paar Akten durchsehen. Außerdem wollte er einige Berichte schreiben, was er – anders als Günther und alle anderen Kollegen – als interessante Herausforderung empfand, das, was er beobachtete und wahrnahm, in Worte zu fassen. Offensichtlich war er auch ganz gut darin, denn die Krankenkassen bewilligten seine Verlängerungsanträge meist ohne zu murren.

Er sah zuerst seine Post durch, sortierte sie, Unwichtiges und Werbung nach links, Wichtiges nach rechts. Den linken Stapel schob er dann beiseite, für später, sozusagen als Belohnung nach der Arbeit. Dann würde er sich in Ruhe die Wurfsendungen ansehen, jeden noch so bunten Umschlag öffnen, die groß gedruckten Zeilen lesen, die Bilder betrachten, Prospekte und Broschüren gemächlich durchblättern. Vor allem freute er sich auf das Faltblatt mit den Pauschalreiseangeboten. Gerade diese Art von Reklame war oft in einer besonderen Sprache geschrieben, einer Art Geheimcode, nach dem das, was da stand, in Wirklichkeit etwas ganz anderes bedeutete. Seine Begeisterung für Subtexte und seinen Ehrgeiz, sie zu entziffern, hielt er im Übrigen für eine Berufskrankheit.

Unter den Briefen, die er nach rechts legte, war an diesem Tag ein Umschlag mit handgeschriebener Adresse und ohne Briefmarke. Er drehte ihn um und las den Namen des Absenders: Dr. Peltzer. Wie nett. Es war immer schön, von ehemaligen Patienten etwas zu hören. Man entließ sie nach langem gemeinsamen Weg, nach einer intensiven Zeit voller Gespräche und Gefühle und

Veränderungen, hinaus in die Welt und hoffte, dass sie klarkamen, dass sie ihr Leben allein meisterten und es ein gutes Zeichen war, wenn man nie wieder etwas von ihnen hörte. So ähnlich musste es sein, wenn man Kinder großzog. Dr. Peltzer war zwar nicht gerade in die Welt entlassen worden, als Matthias es für richtig hielt, aber was machte das schon.

Ein gutes Dreivierteljahr hatte er mit ihm gearbeitet. Dr. Peltzer war zu ihm gekommen, weil sein Hausarzt ihn wegen Depressionen zu einem Kollegen geschickt hatte, der ihn dann irgendwann an Matthias weiterreichte, weil die Depression sich als Nebenschauplatz herausstellte und das eigentliche Problem ein zähes Geflecht aus Zwängen war. Dr. Peltzer war Germanistikdozent an der Universität gewesen, ein kluger, intellektueller Mann, klein, mit Brille, zurückweichendem Haaransatz und einer etwas feuchten Aussprache, wenn er aufgeregt wurde. Er las unglaublich viel und konnte ganze Absätze aus dem Kopf zitieren. Allerdings kostete ihn das Lesen enorm viel Zeit, denn seit einigen Jahren verspürte er den Zwang, die gelesenen Wörter zu zählen, nur bei bestimmten Zahlen das Lesen unterbrechen zu dürfen, manche Seiten komplett rückwärts lesen zu müssen, um sie wirklich verinnerlicht zu haben. Auch Bücher mussten auf eine bestimmte Art gehandhabt werden, sie wurden angefasst und gewendet und vors Gesicht gehoben. Wenn man versehentlich einmal irgendetwas davon nicht richtig ausgeführt hatte, musste man das gesamte Kapitel von vorn beginnen, weil man schließlich nicht sicher sein konnte, ob die Wörter wirklich das Gehirn erreicht hatten oder lediglich irgendwo hinter den Augäpfeln hängen geblieben waren. Es stellte sich außerdem heraus, dass Dr. Peltzer einen ziemlich hohen moralischen Anspruch an sich selbst stellte und es mit der Hygiene sehr genau nahm, um nicht zufällig und vollkommen unbeabsichtigt eine seiner Studentinnen zu schwängern, indem er ihnen beispielsweise die Hand gab, an der womöglich ganz aus Versehen Spermien überlebt hatten. Auch seinen Sitzplatz reinigte Dr. Peltzer, nachdem er aufgestanden war, aus dem gleichen Grund akribisch, falls es einer Studentin einfallen könnte, sich später ebenfalls dort niederzulassen.

Diese Zwänge waren in der vorangegangenen Therapie erst nach geraumer Zeit zur Sprache gekommen, da Dr. Peltzer sie für weitgehend normal hielt. Er wusste schon, dass er die Sache ein bisschen übertrieb, aber er war immer davon ausgegangen, dass alle wahren Intellektuellen sich mit diesen Dingen herumschlugen. Immerhin hatte seine Art zu lesen etwas durchaus Wissenschaftliches. Und sich seinen Studentinnen gegenüber nicht leichtfertig zu verhalten, gehörte zu den unbedingten Voraussetzungen seines Berufs – er hätte sich in Teufels Küche bringen können. Es gab noch weitere Rituale, die dem Wörterzählzwang ähnelten und hauptsächlich in Dr. Peltzers Kopf stattfanden; wie sich herausstellte, war er mit diesen Vorgängen beinahe seine gesamte Freizeit hindurch beschäftigt. Kein Wunder, dass irgendwann eine Depression dazukam. Dr. Peltzer hatte keine Zeit mehr für persönliche Kontakte, und die

Studentinnen, für die er so viel auf sich nahm, dankten es ihm, indem sie ihm den Ruf eines Sonderlings anhängten, so dass sich sein Vorlesungsraum nach und nach leerte.

Dr. Peltzer hatte die Therapie nicht in dem Sinne abgebrochen, er wollte sich nur beruflich verändern und in eine andere Stadt ziehen (Stuttgart, wenn Matthias sich recht erinnerte). Matthias hatte ihm die Adresse eines Kollegen gegeben, ihm dort einen Therapieplatz verschafft und ihn eindringlich gebeten, sich dort hinzuwenden. Danach hatte er nichts mehr von ihm gehört.

Das alles war zwei, vielleicht drei Jahre her, und nun lag dieser handschriftliche Brief vor Matthias, und er freute sich. Er öffnete den Umschlag und fand darin drei eng beschriebene Seiten, die mit den Worten *Harms, Sie Armleuchter* begannen. Alles in perfekter Orthographie, in gediegenem Ton, selbstverständlich wurde Matthias gesiezt, und die Beschimpfungen waren von altmodischer Gewähltheit. Auf den drei Seiten fanden sich vor allen Dingen wirre Theorien und abstruse Schlussfolgerungen. Letztendlich gipfelte das Ganze in der Beschuldigung, Matthias sei verantwortlich für das sichere Versagen der Deutschen Nationalmannschaft im Endspiel der Fußballweltmeisterschaft, die im kommenden Jahr stattfinden sollte. Dr. Peltzer war offensichtlich psychotisch geworden. Anscheinend hatten die berufliche Veränderung und der Ortswechsel nicht ganz die erhoffte Wirkung gehabt.

Er überflog den Brief noch einmal, weil er das vage Gefühl hatte, etwas Wichtiges überlesen zu haben, eine

Drohung beispielsweise oder einen Hinweis auf eine Konsequenz dieser phantastischen Theorie. Er untersuchte den Briefumschlag, schaute auf den Absender, aber dort stand nur der Name, nicht die Adresse. Der Brief war persönlich eingeworfen worden, das bedeutete erst mal gar nichts. Man konnte jemanden beauftragen, einen Brief einzuwerfen, auch von Stuttgart aus, andererseits wäre das extrem umständlich, der Brief hätte in einem separaten Umschlag zum Mittelsmann geschickt werden müssen, da die Schrift im Brief und auf dem Umschlag die gleiche war. Viel wahrscheinlicher war es, dass Dr. Peltzer aus irgendeinem Grund wieder in Hamburg war und vorbeigeschaut hatte, um den Brief einzuwerfen. Auch das bedeutete gar nichts. Aber Matthias hatte auf einmal keine rechte Motivation mehr, an seinem Schreibtisch zu hocken und Rechnungen zu schreiben. Er wollte Anke sehen, und zwar, wenn möglich, gleich.

Von dem Brief erzählte er ihr nichts, weder nachdem er sie eingeholt und neben ihr hergelaufen war noch später irgendwann, warum auch, es ging ja nicht um sie. Es hatte keine Drohung gegeben, also gab es auch keinen Grund zur Furcht. Anke ist immer so übervorsichtig, das kommt von ihrem Beruf. Für sie ist jeder Mann potenziell gewalttätig, enttäuschte Männer sind zu allem fähig, sie muss ihre Mädchen vor ihnen beschützen, indem sie Sicherheitsschlösser an den Türen anbringt, niemandem die Adresse der Unterkunft verrät, sie fährt sogar eigens Umwege, wenn sie neue Mädchen zur Zufluchtsstätte bringt, damit niemand später eine

Information aus ihnen herausprügeln kann. Es hätte nur viel Lärm um nichts gegeben, wenn er ihr davon erzählt hätte. Einige Tage lang dachte er darüber nach, das Türschloss auswechseln zu lassen (er hätte sagen können, er hätte seinen Schlüssel verloren, das wäre für Anke Anlass genug gewesen für eine solche Aktion), aber das erschien ihm ebenso lächerlich wie seine eigene Aufregung. Es war kein gutes Zeichen, dass ihn das derartig mitnahm. Er war viel zu lange Therapeut, um sich so angreifen zu lassen.

Er beschloss, der ganzen Sache keine Beachtung zu schenken. Den Brief warf er weg, was sollte er noch damit (er entschied sich dagegen, ihn in Dr. Peltzers Akte aufzubewahren). Eine Zeitlang horchte er nachts auf Geräusche, aber das war bald wieder vorbei. Tatsächlich passierte gar nichts. Er hatte recht gehabt und richtig gehandelt. Furcht ist nie ein guter Ratgeber, Furcht ist immer irrational und führt zu unlogischen, verdrehten Handlungen. Zwänge entstehen aus Furcht.

Allerdings kommt es ihm inzwischen so vor, als habe der Brief, oder vielmehr seine eigene Reaktion darauf, irgendetwas eingeläutet. Er beobachtet seitdem immer wieder an sich eine neue Weichheit, eine Bereitschaft, negative (und damit unproduktive) Emotionen aufkommen zu lassen. Eigentlich ist er noch nicht besonders alt, er hat erst gut die Hälfte seines Therapeutendaseins erreicht. Aber er hat trotzdem den Eindruck, es könne sich um eine Verschleißerscheinung handeln, eine zunehmende Unfähigkeit, all dem, was ihm im Beruf begegnet, etwas entgegenzusetzen. Das Idiotischste an dieser Geschichte ist, dass er seitdem ein kleines, nagendes Schuldgefühl verspürt, wenn jemand die Fußballweltmeisterschaft erwähnt. Er wird sich das Endspiel ganz sicher nicht ansehen.

4

Man kann der Luft eine gewisse Höhe bereits anmerken. Der Weg ist erst steiler geworden, dann hat er sich zu einem ebenen Flaniersteig verbreitert, der über den Dächern der Stadt am Hang entlangführt. Matthias gönnt sich keine Pause, wirft lediglich ab und zu über den Zaun, der den Wanderweg säumt, einen Blick auf die Häuser hinunter. Von hier aus kann man einen Teil des breiten Tals überblicken, in dem dicht an dicht blühende Apfelbäume stehen. Weil einer seiner Schuhe offen ist, hält er an und bückt sich, doch bei dem Versuch, ihn zuzubinden, reißt der Schnürsenkel. Er muss einen winzigen Knoten machen, sehr umständlich, der Schuh sitzt beim Weitergehen nun auch deutlich lockerer als der andere. Einige der Touristen, die ihm entgegenwandern, tragen tatsächlich Kniebundhosen und Stiefel, die meisten jedoch haben bunte Windjacken an und Schirmmützen auf dem Kopf. Er überholt eine Familie. Das Kind greint und quengelt, weil es getragen werden will. Es ist aber auch wirklich nicht besonders schlau, mit kleinen Kindern Wanderungen zu unternehmen. Jedenfalls nicht mit solchen Kindern.

Man fragt sich, ob den Eltern je in den Sinn gekommen ist, sie einfach mal zu erziehen.

Er wischt sich mit dem Ärmel über die Stirn, die Sonnenbrille verrutscht. Er sieht das Gesicht seiner Schwester vor sich, ihr Kindergesicht, wie es aussah kurz vor der Pubertät, als sich ihre Wege zwangsläufig trennten, weil er ein Junge war und sie ein Mädchen. Sie trug eine Brille, die sie später durch Kontaktlinsen ersetzte. Ihre Stimme in seinem Kopf hat aufgehört zu singen. Er muss in Bewegung bleiben. Das scheint tatsächlich zu helfen. Er beschleunigt noch ein bisschen mehr, um diese ganzen Familien und Touristen hinter sich lassen.

Nach kurzer Zeit rinnt ihm der Schweiß über die Schläfen. Im gesamten Körper spürt er die Anstrengung des schnellen Gehens, sein Sehfeld scheint verengt zu sein, er hat den Eindruck, durch ein umgedrehtes Fernglas zu schauen. Leute tauchen auf, er überholt sie, Leute kommen ihm entgegen, er weicht ihnen aus, er sieht die gelb blühenden Büsche und die kleinen blauen Leberblümchen an den Rändern des Weges, aber alles wirkt weit weg. Er fühlt sich wie jemand, der durch eine Rüstung nach draußen blicken muss, deren Aussparungen für die Augen nicht groß genug sind. Innen in der Rüstung steckt er, Matthias Harms, und schwitzt und keucht und hört seinen Puls rasen.

Früher hat er manchmal von ihr geträumt, von seiner Schwester, wie sie im Krankenhaus im Koma lag, und er kam, um sie zu sehen. Sie war von Kopf bis Fuß mit einem Laken zugedeckt. Seine Eltern waren da und sagten: »Es sieht nicht gut aus. Vielleicht sollte man die Geräte abstellen. Wir dachten, das entscheidest du am besten. Du weißt doch sicher, was das Richtige ist.« Er zog daraufhin das Laken zurück und bekam einen fürchterlichen Schreck. Ulla war übel zugerichtet, sie war kaum noch zu erkennen. Dann wachte er auf, und sein erster Gedanke war: Wenn sie tatsächlich so aussah, dann hätte jeder die Geräte abgestellt.

Der Grund, weshalb er sich an diesen Traum erinnert, ist, dass er ihn in ähnlicher Form mehrmals hatte. Am Anfang kam Ulla noch öfter vor. Mit der Zeit verschwand sie, und mit den Jahren hörte er überhaupt auf, tiefenpsychologisch relevantes Zeug zu träumen. Das, was sein Gehirn heute so im Schlaf produziert, gibt wenig her und interessiert ihn nicht besonders. Er könnte gut darauf verzichten.

Anke träumt gerne – es tut gut, an Anke zu denken –, und noch viel lieber redet sie darüber. »Wozu habe ich einen Psychologen geheiratet?«, sagt sie manchmal, wenn er sein Desinteresse allzu deutlich bekundet. Am häufigsten spricht sie morgens beim Frühstück, wenn sie sich am Wochenende etwas Zeit dafür nehmen, von ihren Träumen. Das sind dann die üblichen Monologe, die er in seiner Praxis schon viel zu oft hört, übervoll von vermeintlich bedeutungsvollen Details: »Dann sah ich meine Mutter, sie sah aus wie Horst Tappert mit Handtasche, aber ich wusste, dass es meine Mutter war, und dann winkte sie, nein, sie hob ihren Arm und rief, und ich spürte, sie wollte mir etwas Wichtiges sagen, aber plötzlich fiel von oben etwas auf sie herab, ein Klavier oder ein Meteorit. Und dann bin ich aufgewacht.«

Anke liefert sich zum Glück die Interpretation meistens gleich selbst. Eigentlich ist das wohl auch der Sinn der ganzen Übung, lautes Nachdenken. Gelegentlich versucht sie zu sticheln und sagt: »Was hätte Freud darüber gedacht?«

Dann zuckt Matthias mit den Achseln.

»Na komm schon«, sagt sie. »Da ist doch mindestens eine sexuelle Komponente drin.«

»Freud kann mich mal«, sagt er dann und bringt Anke damit zum Lachen und die Traumdeutung zum Ende.

Aus der Jackentasche piept es, er hat eine Nachricht bekommen, bleibt aber nicht stehen, während er sein Telefon herausholt. Er liest im Gehen, eine SMS von Günther.

Wie läuft es ohne mich in M? Stehe gerade in einem Babyladen und werde gleich ein Vermögen los. Ich fürchte, ich bin heute der glücklichste Mann der Welt.

In Matthias' Lunge ist nicht mehr genug Sauerstoff. Er holt japsend Luft, schnappt mehrmals hintereinander ohne nennenswerte Verbesserung. An den Rändern seines Sehfelds flimmert es. Am liebsten würde er sofort zurückschreiben, aber er weiß nicht, was. Sarkastisch sollte es sein oder streng, um Günther ein für alle Mal klar zu machen, wie falsch er liegt. Glaubt er wirklich, man könnte in ihrem Alter noch einfach so Kinder in die Welt setzen? Glaubt er wirklich, er könnte einfach so, mir nichts, dir nichts, ein neues Leben anfangen, alles anders machen und den alten Werten und Ansichten den Rücken kehren? Man kann doch nicht zwanzig Jahre lang das eine sagen und dann plötzlich etwas vollkommen anderes tun. Man kann nicht zwanzig Jahre lang Affären haben und in einer Studentenwohnung hausen und keine Kinder wollen und mit Matthias und Anke befreundet sein und auf einmal alles umschmeißen und so tun, als ginge einen das Geschwätz von gestern nichts mehr an. Das ist kindisch und sieht verdammt nach Midlifecrisis aus, ein Phänomen, das Matthias eigentlich immer für eine Erfindung gehalten hat. Keinesfalls kann es ein Zustand von Dauer sein.

Matthias bleibt stehen und fängt an zu tippen: *Wie kann sich denn alles so schnell für dich ändern?*

Aber bevor er den Satz zu Ende geschrieben hat, wird die Anzeige grau und der Akku gibt endgültig den Geist auf. Er atmet tief durch, dann steckt er das Telefon wieder ein und setzt sich in Bewegung, stetig, kontrolliert, mit gleichmäßigen Schritten. Wut ist bloße Energieverschwendung.

Die Landschaft wird immer normaler, weniger künstlich und gestaltet, das ist eine Erleichterung. Die Bäume, die am Hang wachsen, sind echt, der Bach, über den der Weg mit einer übertrieben großen Brücke führt, ist echt, er hat das Reich der Landschaftsarchitekten hinter sich und ist dabei, bald auch die Zivilisation zurückzulassen. Es fühlt sich richtig an.

Im Grunde ist Günther zu bemitleiden. Wenn er irgendwann aus seinem hormonellen Ausnahmezustand aufwacht, wird er sich umschauen und von allem, was er sieht, peinlich berührt sein. Wenn er festsitzt mit einem Kind, einer jungen Frau, die er kaum kennt und deren Ansprüche an ihn weit über das hinausgehen, was er gewohnt ist, wenn er seine Wohnung aufgeben, eine Familie ernähren, häuslich werden muss, tausend Einschränkungen unterworfen nach einem halben Leben voller persönlicher Freiheiten, dann wird er es nicht mehr glauben können, dass er jemals eine solche SMS geschrieben hat. Matthias' Freundschaft wird dann wichtiger sein als je zuvor, denn sie ist die einzige Konstante, das Einzige, das ihm noch geblieben ist von seinem alten Dasein. Dann wird Matthias ihm verzeihen, wie er Anke seinerzeit verziehen hat, nach der Affäre, und das wird ihre Verbindung wieder stark machen.

Vielleicht ist das jetzt einfach die Chance, sich zu revanchieren für den Beginn ihrer Freundschaft, als Günther an ihm festgehalten hat, obwohl er sich abwandte, vielleicht ist es jetzt an ihm festzuhalten.

Eine Zeitlang nach Ullas Tod verspürte er kein Bedürfnis nach Kontakt, zu niemandem. Für seine Studienkollegen, die er mal als Freunde bezeichnet hatte, schien er vor allen Dingen ein gefundenes Fressen zu sein, um die frisch erworbenen Kenntnisse an ihm auszuprobieren. Er hatte das bald satt und zog sich zurück, er lernte lieber und stürzte sich in die Arbeit, er vermisste keine Gesellschaft.

Günther jedoch ließ nicht locker. Er rief an und lud ihn ein oder kam, ohne sich anzumelden, er nervte ihn regelrecht. Einmal stand er mitten in der Nacht vor seiner Tür, weil er noch Licht gesehen hatte. Er hielt eine Flasche Rotwein hoch und sagte: »Den trinken wir jetzt und reden dabei nur über Handball, über nichts anderes.«

Matthias ließ ihn ein. Günther quetschte sich an ihm vorbei durch den winzigen Flur. »Oder war Ulrike zufällig Sportlerin?«

Er ist der Einzige in Matthias' näherer Umgebung, abgesehen von Familienmitgliedern, der seine Schwester noch gekannt hat. Seine neue Freundin muss jetzt ungefähr so alt sein wie Ulla damals, und einen einzigen schrecklichen Moment lang sieht Matthias Günther vor sich, den fünfzigjährigen Günther, einen Arm um Ulla gelegt, im anderen ein Baby. Er versucht, wieder schneller zu gehen und an etwas Neutrales zu denken.

5

Möglicherweise wäre Günther der richtige Therapeut für Klaus, aber Matthias erscheint es nicht ratsam, das vorzuschlagen. Günther und er reden über so vieles, sitzen zusammen und trinken Alkohol, wie kann man da garantieren, dass die Schweigepflicht gewahrt bleibt. Doch dass die beiden – sein kleiner Bruder und sein bester Freund – einen Draht zueinander finden würden, davon ist er überzeugt. Auch sie finden Träume hochinteressant.

Gelegentlich haben sie schon über Klaus geredet, das ergibt sich eben, aber Matthias kann nicht behaupten, dass ihm diese Gespräche allzu viel bringen. Außerdem ist die Situation denkbar einfach: Er kann seinem Bruder nicht helfen, er hat es versucht, aber man muss sich eben auch helfen lassen wollen.

Das letzte klausbezogene Problemgespräch ist schon eine ganze Weile her, er erinnert sich, dass sie dabei in einem Biergarten direkt am Stadtpark saßen. Eine Zeitlang gingen Günther und er oft dahin. An diesem Abend waren sie früh dran, auf dem Spielplatz nebenan lärmten noch Kinder. Sie waren direkt von einem Handballspiel der B-Jugend gekommen, das an Langeweile nicht zu übertreffen gewesen war. Der eine Torwart war ein Witz gewesen, und in der anderen Mannschaft konnte keiner werfen, man hätte eine hübsche Slapstick-Nummer aus der Sache machen können, aber leider kam insgesamt nur ein zähes, müdes, enttäuschendes Spiel heraus, und irgendwie kamen sie nach dieser Erfahrung fast zwangsläufig auf Klaus zu sprechen.

»Er hat gerade einen Selbstmordversuch hinter sich«, sagte Matthias. »Er hat mich extra angerufen, um es mir zu erzählen.«

»Wusstest du, dass es ihm so schlecht geht?«, fragte Günther.

»Es geht ihm nicht schlecht. Jedenfalls nicht schlechter als sonst. Er hat mich angerufen und mir gesagt, er habe gerade alle Tabletten genommen, die er im Haus finden konnte, aber dann hatte er plötzlich das Gefühl, das sei nicht ausreichend, es waren wohl hauptsächlich Aspirin und, was weiß ich, Fluctin, da hat er sich dann doch lieber selbst den Finger in den Hals gesteckt, bevor er sich lächerlich macht und sein Bett vollkotzt und womöglich ein spätpubertierender Rettungssanitäter ihn auslacht.«

»Das hat er gesagt?«

»Fast wörtlich.«

»Jedenfalls hat er seinen Humor nicht verloren.«

»Ich weiß nicht«, sagte Matthias. »Er hatte nur Angst, dass ich auch über ihn lachen könnte.«

»Trotzdem hat er es dir erzählt.«

»Das ist wahr. Ich hol mir ein Würstchen, willst du auch?«

Günther nickte. Matthias stand auf, ging zur Essensausgabe und besorgte zwei Würstchen auf länglichen weißen Papptellern, dazu für jeden eine Serviette, um sich das Fett von den Fingern zu wischen.

Als er wieder an den Tisch kam und sich auf die gegenüberliegende Bank fallen ließ, sagte Günther: »Weißt du eigentlich, wann das mit deinem Bruder angefangen hat?«

Matthias schob ihm sein Papptellerchen hinüber und stippte seine eigene Wurst in Senf. »Dass er eine Therapie machen wollte, hab ich zuerst von meinen Eltern erfahren. Und seitdem redet er mit mir hauptsächlich über die Nebenwirkungen seiner Medikamente und über die komischen Methoden seiner Therapeutin und über seine Kopfschmerzen. Glaubst du, er ist zu mir gekommen und hat gesagt: Großer Bruder, der immer alles richtig macht, meine Ehe ist im Eimer, mein Leben ist ein Chaos, mein Beruf ist ein Witz, ich fürchte, ich bin depressiv?«

»Ich habe gerade nachgedacht, ob es vielleicht schon

viel früher angefangen hat. Nicht erst nach seiner Scheidung. Scheidungen sind doch höchstens Auslöser. Wie hat er denn den Tod deiner Schwester verkraftet? Warum hast du Senf und ich nicht?«

Matthias schob mit seiner eigenen Wurst Senf auf Günthers Pappe. »Keine Ahnung. Er hat sich gut gehalten, würde ich sagen.«

»Sag mir nicht, du hast noch nie daran gedacht.«

»An was?«

»Dass es einen Zusammenhang gibt.«

»Zwischen was?«

»Stell dich nicht dumm«, sagte Günther. »Depression ist chronische Trauer.«

»Das ist zum Beispiel eine Theorie, an die ich nie so recht geglaubt habe«, sagte Matthias.

Die Kinder vom Spielplatz wurden nach Hause geschickt, es wurde deutlich ruhiger. In den Bäumen zwitscherten irgendwelche Vögel, als wäre es morgens. Ein unsichtbarer Hund bellte hohl und heiser, und Matthias' Würstchen erzeugte ein glitschiges Knacken, wenn er hineinbiss.

»Aber es liegt auf der Hand«, sagte Günther. »Dein Bruder verliert einen geliebten Menschen, verdrängt die Trauer, bei der Scheidung bricht plötzlich die alte Wunde auf, weil es ein ähnlicher Verlust ist, voilà – er wird depressiv.«

»Ob er bei der Scheidung wirklich einen geliebten Menschen verloren hat, sei dahingestellt.«

»Ich denke jedenfalls schon länger darüber nach, wieso mir die Depressiven so die Bude einrennen. Und ich glaube, die Leute wissen heute einfach nicht mehr, wie man richtig trauert. Es gibt keine Trauerkultur mehr bei uns.«

»Darüber hast du nachgedacht? Das ist ja brillant. Wieso ist da noch nie einer vor dir draufgekommen? Erzähl mir mehr darüber.«

»Ich kann nur sagen, was ich beobachte und was mir dazu für Gedanken kommen. Und ich glaube einfach, unsere Gesellschaft versucht immer mehr, das Trauern auszuklammern, weil es nicht sexy ist, weil es anstrengend ist, weil es im Endeffekt besser aussieht, wenn man irgendwann in seinem Leben mal ein paar gut getestete Psychopharmaka schluckt, als wenn man bei einem Verlust weint und sich in eine Ecke verkriecht. Unsere Gesellschaft ekelt sich vor trauernden Leuten, sie tut alles, um sie so schnell wie möglich da wieder rauszuholen. Und bei der nächsten Gelegenheit wird man von der Trauer überwältigt und muss zur Therapie.«

»Ich finde, du solltest ein Buch darüber schreiben«, sagte Matthias. »Ich wüsste auch schon einen Titel: ›Die Unfähigkeit zu trauern‹. Oder gibt es das etwa schon?«

»Du hast ja auch nicht gerade lange gebraucht, um über den Tod deiner Schwester hinwegzukommen.«

Matthias richtete das angebissene Ende seines Würstchens auf Günthers Brust. »Das ist ja alles schön und gut. Vielleicht ist da sogar was dran, warum nicht. Aber als meine Schwester gestorben ist, da waren Klaus und ich erwachsen. Und meine Schwester war erwachsen. Du hast es hier nicht mit einem Kindheitstrauma zu tun, das man verdrängen muss, um zu überleben, oder was weiß ich. Du hast es mit ein paar vernünftigen erwachsenen Menschen zu tun, die eine unangenehme, aber unvermeidliche Lebenserfahrung gemacht haben. Zeig mir eine einzige Biographie, in der so ein Verlust nicht vorkommt. Man kann es sich aussuchen: Autounfall, Selbstmord. Krebs ist besonders beliebt. Ein erwachsener Mensch mit ein bisschen Substanz und einer einigermaßen soliden Basis im Leben kann so etwas ganz einfach aushalten, wir sind so konstruiert, früher oder später integriert man die Erfahrung und baut sich auch noch die Illusion auf, dass das alles irgendwie im Ganzen betrachtet einen Sinn hatte, oder man hat die Religion, was aufs Gleiche hinausläuft. Deine ganzen Depressiven sind so zahlreich geworden, weil die Arbeitslosigkeit zugenommen hat, so was geht auch an Studenten nicht spurlos vorbei.« Er stützte beide Ellbogen auf den Tisch. »Sag mir, du großer Nachdenker, warum erleben alle Leute in ihrem Leben etwas Schlimmes und Einschneidendes, und nur ein kleiner Teil von ihnen braucht später eine Therapie. Sind die einfach nur zu schlecht im Wegdrücken? Ist das eine Unfähigkeit des Unterbewusstseins, zu wenig Kapazitäten auf dem Verdrängungssektor?«

Günther lachte. Matthias lachte mit. Er wusste nicht, was Günther so witzig fand, aber er konnte nicht anders. Es war ihm selber unangenehm.

»Tut mir leid«, sagte Günther. »Du erzählst mir, ich hätte keine neuen Ideen, und stellst dann so eine dumme Frage? Warum trifft es den einen und den anderen nicht? Und hör auf, mit dem Würstchen herumzufuchteln. Weißt du auch, warum die Frage so dumm ist? Weil sie müßig ist. Das Warum ist für uns gar nicht entscheidend, darum kümmern sich andere. Wir sind diejenigen, die sich mit den Konsequenzen beschäftigen, wir arbeiten am Status quo, wir räumen die Scheiße weg, wenn sie da ist. Warum dein Bruder Pillen schluckt und sie wieder auskotzt und du nicht, ist unwichtig. Die wichtige Frage lautet: Warum ruft er dich hinterher an?«

»Er ruft mich an«, sagte Matthias, »weil ich sein großer Bruder bin und er mich beeindrucken möchte. Ich hol uns noch ein Bier.« Er stand auf, wollte gehen, aber Günther sagte: »Na, dann sag doch mal: Was hat der Tod deiner Schwester im Ganzen betrachtet denn für einen Sinn gehabt?«

Matthias blieb neben der Bank stehen. »Ich habe doch gesagt, wir bauen uns im Nachhinein eine Illusion auf, das gehört zum Überlebenstrieb. Es gibt keinen Sinn.«

»Aber was ist deine Illusion?«

Matthias schaute von oben auf den sitzenden Günther herab. »Es war besser so für sie«, sagte er und ging Bier holen.

Es dauerte, bis er zurückkam. Inzwischen hatte sich der Biergarten gefüllt, er musste anstehen, um etwas zu trinken zu bekommen. Als er wieder saß, fragte Günther, als hätte es keine Unterbrechung gegeben: »Wie meinst du das?«

Aber Matthias winkte ab. Er wusste es ja selber nicht.

Sie hatten wirklich genug über dieses Thema geredet. Er hatte jetzt viel mehr Lust, ein bisschen besoffen zu werden und sich lustige Anekdoten aus Günthers Praxis anzuhören.

»Reden wir lieber von deinen Arbeitslosen«, sagte er.

Günther nahm einen langen Zug von dem frischen Bier. Dann sagte er: »Du wirst lachen, ich habe zur Zeit drei Doktoranden mit Panikattacken.«

Matthias schätzt es an Günther, dass er weiß, wann Schluss ist. Vielleicht ist dies das eigentliche Geheimnis ihrer Freundschaft.

6

Der Weg gleicht einem richtigen Wandersteig, nur schmaler, und unebener, nachdem man die Dächer der Stadt an dieser Stelle hinter sich gelassen hat. Ab jetzt geht man durch Weinberge. Es ist warm wie im Sommer, jedenfalls kommt es Matthias so vor, als er für einen Moment stehen bleibt, um zu Atem zu kommen und die landschaftliche Situation zu überblicken. Die Sonne blendet weniger und hat einen goldenen Ton angenommen, waschechtes Nachmittagslicht, hier ist eben alles korrekt, hier ist Frühling Frühling und Nachmittag Nachmittag, und wenn morgens die Sonne geschienen hat, bleibt es dabei, sie hält durch bis zum Abend. Die Touristen kommen wegen des Wetters hierher, und das Wetter ist pflichtbewusst, ebenso wie die Blumen und Apfelbäume, die pünktlich blühen, und wie der Schnee, der liegen bleibt, bis die letzten Skifahrer das Interesse verloren haben.

Wenn man mitten auf dem Weg stehen bleibt, so dass die anderen Wanderer, die jetzt in der Tat seltener geworden sind, einen Bogen um einen herum machen müssen, wenn man die Augen schließt, um die Sonne besser spüren zu können, die einem das Gesicht wärmt, dann merkt man, wie einem eine ganz kleine Brise, kaum mehr als ein Hauch, den Schweiß trocknet und die Stirn abkühlt, so dass am ganzen Kopf ein perfektes Klima entsteht und jeder Gedanke an Rüstungen absurd erscheint. Hinter den Augenlidern sieht man trotz Sonnenbrille rote und gelbe Flecken, der Geruch der Luft kombiniert das zitronige Aroma frischer Blätter mit hochsommerlichen Eindrücken von Staub und schwerer Erde, und in der leichten Kühlung, die man dazu serviert bekommt, liegt etwas Herbes und Strenges, das einem den Schnee und die Felsen ins Gedächtnis ruft. Da steht man also mit erschöpften Gliedmaßen, schmerzenden Gelenken, schweren Füßen, einem Magen wie ein ausgepresster Trinkschlauch (gibt es so etwas überhaupt noch außer in Cartoons, die in der Wüste spielen?), einem Magen also wie ein gewrungenes Handtuch, mit einem Kopf voller Chaos, mit klopfendem Herzen und eiligem Puls, mit ausgedörrter Kehle und der fürchterlichen Vorahnung von einem unvermeidlichen Seelenschmerz, und gleichzeitig breitet sich im gesamten Atmungsapparat – Nase, Luftröhre, Lunge – ein Gefühl aus, das sich eigentlich nur als

Glücksrausch beschreiben lässt, eine Art Gute-Bergluft-Ekstase, die wie ein Kontrastmittel unter Röntgenstrahlung einen genau bezeichneten Teil des Organismus markiert.

Es juckt ihn in den Augen, er muss die Sonnenbrille abnehmen, um sich mit beiden Fäusten die Lider und die Augäpfel zu reiben. Seine Füße weigern sich zunächst, die Befehle seines Gehirns auszuführen, dann setzen sie sich wieder in Gang. Er ist noch nicht fertig, er muss weitergehen. Es schwirrt ihm zu viel im Kopf herum. Am Ende wird Klarheit eintreten, es ist nur eine Frage der Zeit, und vielleicht auch eine der Logik. Die Landschaft unterstützt ihn, hier gibt es keine engen Gassen und aufdringlichen Waren und fordernden Verkäufer, hier gibt es Ausblicke und Berge und gute Luft, und er wird mehr davon finden, wenn er vorwärts geht. Wenn er Glück hat, stellt sich neben der Klarheit und dem seelischen Gleichgewicht sogar eine Erkenntnis ein, man muss nur Geduld haben und weitermachen und sich nicht schonen, man geht und geht, und irgendwann ist man weit genug gegangen, und alle Gedanken und Erinnerungen und Bilder, alle Träume und penetranten Volkslieder versickern irgendwo, verziehen sich in ihre dunklen Ecken oder setzen sich wie Staub, und man weiß, man ist am Ziel, auch wenn man vorher keine Ahnung hatte, wie das aussehen würde oder dass es überhaupt eines gibt. Ein Teil des Kopfes behält immer den Überblick und kann einen leiten. Manche Leute bezeichnen das als Instinkt, aber in Wirklichkeit ist es Erfahrung; das Gehirn speichert alles, und in Bruchteilen von Sekunden kann es neue Situationen mit den archivierten Erlebnissen vergleichen und fundierte Entscheidungen treffen, so schnell, dass man meint, reflexhaft zu handeln oder zu fühlen. Er muss sich nur auf seinen Kopf verlassen, der wird ihm die richtige Richtung weisen und ihn wohlbehalten aus allem hier herausholen. Logik, Geduld, Erfahrung.

An einer Weggabelung biegt er ab, weil der schmalere Pfad nach oben führt. Außerdem gehen die anderen Wanderer fast alle den ebenen Steig weiter. Wenn man einen klaren Kopf haben will, ist es meistens besser, den weniger bevölkerten Weg zu gehen. Wo hat er diesen Satz schon einmal gehört? Er klingt nach Anke oder nach einem Hollywoodfilm. Matthias bindet sich, ohne stehen zu bleiben, die Jacke um die Hüften. Das sieht möglicherweise ein bisschen komisch aus, aber er hat es bei anderen Wanderern gesehen, und seine Arme sind vom Halten der Jacke schon ganz ausgeleiert.

In gewisser Hinsicht sind Freundschaften wie Ehen. Was ihn und Günther zusammenschweißt, ist vor allem die Zeit, das hat mit Geheimnis überhaupt nichts zu tun. Mit Treue ist eben mehr gemeint als das Unterlassen sexuellen Betrugs (er denkt an Katrin und ist sich sicher, dass Anke ihm im Zweifelsfall hätte vergeben können, genau wie er ihr und Günther nie etwas nachgetragen hat). Wenn man sich über lange Zeiträume hinweg treu bleibt, das heißt, aneinander festhält, auch wenn sich der Abstand vorübergehend vergrößert, dann wird das gemeinsame Band nach und nach so stark, dass es unzerstörbar wird. Günther und er sind offen füreinander geblieben und haben einander zugehört, und ehe sie sich's versahen, hatten sie eine Freundschaft gebastelt, die alles in allem schon ein Vierteljahrhundert hält. Dabei könnten sie unterschiedlicher kaum sein.

Günther ist ein waschechter Verhaltenstherapeut, der sich über die Psychoanalyse lustig macht, wo er nur kann. Auch Matthias hat lange empfunden, dass Psychoanalyse und Verhaltenstherapie sich gegenseitig ausschließen, aber die Beschäftigung mit bildgebenden Verfahren hat ihn eines Besseren belehrt, und in all den Praxisjahren ist ihm ohnehin klargeworden, dass reine Lehren schlechte Lehren sind.

Tatsächlich entdeckt er an Günther ständig Freud'sche Ansätze. Dazu kommt, dass Günther, um es vorsichtig auszudrücken, für alle möglichen neuen Techniken überaus aufgeschlossen ist. Manchmal ist es schon beinahe peinlich, wie sehr er sich für die seltsamsten Modeströmungen begeistern kann. Zur Zeit schickt er seine Patientinnen – die er Klientinnen nennt – mit schöner Regelmäßigkeit zu Familienaufstellungen.

Den Träumen bleibt Günther bei alldem stets treu, und auch ein paar anderen Kleinigkeiten, die aus der Psychoanalyse an ihn herangeweht sind. Er legt Wert darauf, dass seine essgestörten Studentinnen immer in einem Winkel zu ihm sitzen, während er mit ihnen spricht, damit sie sich nicht angestarrt fühlen. Auf manche scheint das eine besondere Wirkung zu haben. Jedenfalls hat Günther – so behauptet er – beinahe ständig mit den Annäherungsversuchen verliebter Klientinnen zu kämpfen, und Matthias weiß, dass er sich ihrer nicht immer mit ganzer Kraft erwehrt.

Er hat im Übrigen nie viel von dem Ausdruck Arbeit im Zusammenhang mit zwischenmenschlichen Beziehungen gehalten. Treue, natürlich, das braucht es. Und Pflege, Ehen und Freundschaften müssen Pflege erhalten, aber Arbeit ist das nicht. Wenn man anfangen muss, daran zu arbeiten, ist die ganze Sache schon zum Scheitern verurteilt. Ebenso wenig hält er von der Ansicht, man müsse miteinander streiten, worüber auch immer, um Beständigkeit zu erlangen, Respekt zu zollen und was sich die Leute noch so ausdenken, um ihre emotionalen Ausbrüche zu rechtfertigen und andere leichten Herzens zu verletzen. Anke, Günther und er streiten nie, schon aus Prinzip nicht. Das hat sich auch nicht geändert, als Matthias den beiden damals auf die Schliche kam. Was hätte es gebracht, zu schreien und zu toben, Schuldige zu suchen, auszurasten? Das Ganze hätte mit einer Trennung geendet, so viel ist klar. Nur weil sie alle einen kühlen Kopf behalten haben, konnten sie Ehe und Freundschaft retten, da ist sich Matthias sicher. Dass Anke seine Ansicht über Wut teilt, hat mit den Erfahrungen zu tun, die sie in ihrer Einrichtung macht. Und Günther ist einfach ein friedfertiger Mensch, diplomatisch und entspannt. Anke hat sie drei einmal als den Club der Gutmenschen bezeichnet. Sie meinte das eigentlich nicht positiv, aber Matthias mag den Begriff. Er trifft jedenfalls zu.

Bei seinen Patienten macht es ihm nicht viel aus,

wenn sie weinen und schluchzen, wenn sie hysterisch werden vor Angst und sich die Fingernägel in die Handflächen bohren, aber er kann es nicht leiden, wenn sie herumbrüllen. Das ist immer der Teil der Therapie, der ihm am unangenehmsten ist. Die Menschen sehen entstellt aus, wenn sie zornig werden.

Als Kind hatte er durchaus manchmal Wutanfälle. Er kann sich vage an den inneren Zustand erinnern, der diese Ausbrüche begleitete. Beinahe nicht zu ertragen war es, er fühlte sich, als müsste er platzen, als sei in ihm ein Tier eingesperrt, das unter allen Umständen herauswollte und dabei keine Rücksicht auf seinen kleinen Körper nehmen konnte. Er entsinnt sich, getreten und geboxt zu haben, sogar eine Schallplatte, die er besonders mochte, zerbrach er bei einer solchen Gelegenheit, aber in seiner Wut konnte er nicht anders. Und einmal ging sein unkontrollierbarer Zorn so weit, dass seine Familie mehrere Tage nicht mehr mit ihm reden wollte. Worum es dabei gegangen war, kann er beim besten Willen nicht mehr rekonstruieren, die Anlässe waren stets nichtig. Erst später lernte er, sich zusammenzunehmen, und irgendwann wurde er auch innerlich ruhiger.

Wenn er andere Menschen in Wut sieht, ist er jedenfalls trotz allem aus tiefstem Herzen erleichtert, dass er sich selbst mit solchen Gefühlen nicht mehr herumschlagen muss. Er achtet darauf, dass der Zorn seiner Patienten innerhalb der Praxis bleibt, und schickt niemanden nach Hause, der sich nicht beruhigt hat. Die Praxis ist ein Ort, an dem diese Gefühle ausgedrückt, ausgelebt und wieder weggelegt werden können, ohne dass jemand dabei zu Schaden kommt. Seiner Erfahrung nach ist Wut sowieso ein vorgeschobenes Gefühl, sie bildet einen Schutzwall, hinter dem sich immer etwas anderes verbirgt, an das niemand herandarf.

7

Gerade jetzt, am Freitagnachmittag, hätte er eigentlich eine Sitzung mit Frau Bovensiepen, die er wegen der Tagung absagen musste. Es ist fast schade, dass er noch eine weitere Woche auf die Fortsetzung warten muss, denn in der letzten Woche hatten sie einen Durchbruch. Das Angenehme an dieser Patientin ist, dass sie es gemeinsam geschafft haben, den Wut-Teil der Therapie vollkommen zu überspringen. Das ist ihm ohnehin das Liebste.

Frau Bovensiepen ist ungefähr in seinem Alter. Eine Reedersgattin, ursprünglich aus Dithmarschen stammend (geborene Paulsen), mit einem konservativen Auftreten und einer ganzen Reihe von Ordnungszwängen. Kein sehr komplizierter Fall. Er hat selbstverständlich zu Hause kaum über sie gesprochen, aber als er zum ersten Mal ihren Namen erwähnte, bekam Anke einen solchen Lachanfall, dass er sich danach noch mehr Mühe gab als sonst, diese Patientin ernst zu nehmen (»Booovensiepen«, hat Anke gerufen und sich gekrümmt, »Reedersgattin! Herrlich!«).

Frau Bovensiepen ist Hausfrau. Ihre Kinder sind erwachsen, ihr Mann arbeitet lange, sie ist viel allein. Das ist ihr recht, denn solange niemand zu Hause ist, kann sie ihren Haushalt unter Kontrolle halten. Schwierig wird es, wenn ihr Mann abends kommt. Und kaum auszuhalten ist es, Besuch zu haben. Ihr Ordnungssystem sieht vor, dass jeder Gegenstand an einem bestimmten Platz steht und, wenn er benutzt worden ist, durch Hin- und Herschieben nach einem sorgsam ausgeklügelten Muster dorthin zurückfindet. Dazu zählt Frau Bovensiepen laut die Bewegungen mit. Oft ist sie nicht überzeugt von dem Ergebnis und wiederholt den Vorgang einige Male. Dann ist sie unsicher, ob sie richtig gezählt oder das Ritual überhaupt durchgeführt hat, so dass sie wenige Minuten später den Gegenstand erneut verschieben muss. In den letzten Monaten häuften sich die Streitereien mit ihrem Mann, weil sie ihn beschuldigte, Dinge mutwillig zu verändern und Gegenstände zu verstellen, nur um sie zu ärgern. Dabei wusste sie im Grunde genau, dass er die Sachen gar nicht berührt hatte, sie sahen in seiner Gegenwart lediglich auf einmal falsch aus.

Sie traut ihren eigenen Augen nicht mehr, starrt lange auf Gegenstände, weil sie bezweifelt, dass sie wirklich da sind, und bemüht sich krampfhaft, sie vollkommen zu erfassen. Aber in solchen Momenten scheint ihr Gehirn ihr nicht zu gehorchen und weigert sich, das, was sie sieht, in sich aufzunehmen oder richtig zu benennen. Sie hat auch aufgehört, ihr Auto zu benutzen, weil sie sich fürchtet, Kurven zu übersehen und einfach geradeaus weiterzufahren.

Da sie bessere und schlechtere Tage hatte und eigentlich bisher ganz gut zurechtkam (abgesehen von den Überstunden im Haushalt, wenn der Besuch gegangen war, und abgesehen von den Unstimmigkeiten mit ihrem Mann), hatte sie keine große Lust gehabt, sich in Therapie zu begeben. Ihr Mann schickte sie schließlich zu Matthias, weil er es zu Hause immer weniger aushielt. Er stellte ihr ein Ultimatum – Arzt oder Scheidung –, aber davon erfuhr Matthias erst nach einigen Wochen Therapie, und da war es bereits um Frau Bovensiepen geschehen und sie wollte selbst geheilt werden, natürlich wollte sie das, und zwar von ihm: von Matthias. Sie machte ihm zaghafte Komplimente (»Sie sind immer so schön ruhig«), die Matthias als Gesprächsaufhänger benutzte (»Ist Ihr Mann das denn nicht?«).

Sie stecken noch in der Anfangsphase. Bisher sind sie unspezifisch geblieben, redeten über alles und nichts, aber Matthias hörte trotzdem sehr genau zu. Sie sprachen über Frau Bovensiepens Kindheit, die Zeit, als sie Paulsen hieß und auf dem Land wohnte, über ihren Vater, einen ehemaligen Wehrmachtsoffizier, der nie so recht über das hinweggekommen war, was er während des Krieges gesehen hatte, und seiner eigenen Erschütterung mit überzogener Unnachgiebigkeit gegen alles und jeden begegnete. Sie sprachen auch über ihre Heirat und die große Erleichterung, als sie endlich nach Hamburg ziehen konnte, ihren Namen eintauschen, Geld ausgeben.

Am vergangenen Freitag kamen sie wieder einmal auf ihre Kinder zu sprechen, die beiden Jungs, die wohlgeraten sind, erfolgreich in ihren Ausbildungen und im Beruf, die früh von zu Hause auszogen und den Kontakt seitdem auf das Nötigste beschränken (Telefonate zu Weihnachten und Geburtstagen, seltene Besuche). Frau Bovensiepen erzählte, sie sei schon immer etwas penibel gewesen und das habe den Kindern stets missfallen. Sie habe lange geglaubt, sobald die Kinder aus dem Haus wären, würde es leichter sein, aber das Gegenteil war der Fall. Sie achtete mehr denn je auf Ordnung, das Gefühl der Verzweiflung nahm zu, weil alles nicht zu bewältigen war, der ganze große Haushalt, dazu ihre Augen, die sie hinterrücks betrogen, und ihr Gedächtnis, das offensichtlich nachließ.

Er hörte zu und fühlte sich, während sie sprach, auf einmal abwesend. Diese Momente sind Indikatoren, er weiß aus Erfahrung, dass dort etwas zu holen ist, etwas verschwiegen wird. Es ist beinahe, als würde sein Gehirn sich an das Gehirn des Gegenübers docken, so dass er in seinem eigenen Kopf wahrnimmt, wie die Gedanken des Patienten abdriften, während dessen Mund einfach weitererzählt.

»Das war schwer, als ihre Kinder ausgezogen sind«, sagte er und kehrte damit gleichzeitig in den Augenblick zurück.

»Ja«, sagte Frau Bovensiepen und sah ihn beinahe neugierig an, »das war es. Schwer.«

»Wie haben Sie sich gefühlt?« Er mag diese Frage. Immer, wenn man sie so direkt stellt, kommt etwas Interessantes heraus.

»Ach, ich weiß nicht. Das ist ja ganz alltäglich, oder?

Dass man verlassen wird. Das kennt jeder. Sie können es sich ja vorstellen, wie man sich fühlt.«

»Ich habe keine Kinder.«

»Als ich mit anderen Müttern gesprochen habe, sagten sie alle, dass es komisch war, die Kinder gehen zu lassen. Dass sie es schwierig fanden. Aber manchmal denke ich, das haben sie nur so gesagt, weil alle das sagen. Ich glaube eigentlich nicht, dass sie mich verstanden haben.«

Matthias wartete. Dann sagte Frau Bovensiepen mit einem zaghaften Lächeln: »Sie sind der Erste, der mich wirklich versteht.«

Das war natürlich Quatsch. Er verstand sie überhaupt nicht, wie auch. »Das ist mein Beruf«, sagte er und erwiderte das Lächeln. »Erzählen Sie mir noch mehr von ihren Söhnen. Was arbeiten sie?«

Sie begann folgsam, die Berufe ihrer Kinder zu beschreiben. Zwischendurch rieb sie sich die Augen. Irgendwann musste sie auf die Toilette. Er war zufrieden. Sein Instinkt hatte ihn nicht getäuscht. Augenreiben und Auf-die-Toilette-Müssen waren Klassiker. Sie zeigten, dass er auf der richtigen Spur war.

Als Frau Bovensiepen zurückkam, sah sie gefasst aus. Sie setzte sich in ihren Sessel, ihm gegenüber.

»Verzeihen Sie die Unterbrechung«, sagte sie. »Wo waren wir stehengeblieben?«

»Es ist Ihre Sitzung. Sie können sie unterbrechen, so oft Sie wollen.«

»Eben, als ich draußen war, habe ich über Ihre Frage nachgedacht. Darüber, was ich gefühlt habe, als die Jungen ausgezogen sind. Ich war jedenfalls nicht wütend. Irgendwie habe ich erwartet, dass die Antwort Wut sein müsste. Aber vielleicht ist das auch nur versteckt, vielleicht bin ich ganz tief in mir drinnen wütend und kann es nur noch nicht fühlen.«

»Das kann sein. Wie kommen Sie darauf?«

»Ich weiß nicht. Aber das kennt man doch, nicht? Wenn man zur Therapie geht.«

»Sie waren doch vorher nie in Therapie.«

»Aber eine Bekannte von mir.« Und dann lachte Frau Bovensiepen plötzlich und schnaubte dabei durch die Nase. »Da sitz ich nun«, sagte sie.

Er wartete ab. Ihr Gesicht war sehr offen und lebendig, es arbeitete, ohne dass es ihr bewusst war.

»Wissen Sie«, sagte sie schließlich, »meine Bekannte hat eine Therapie gemacht und sich dann scheiden lassen. Sie sagte mir, sie sei in ihrem ganzen Leben noch nie so wütend gewesen, auf einfach alles und besonders auf ihren Mann. Als mein Mann gesagt hat, ich soll zu Ihnen gehen, da habe ich gedacht, er muss verrückt sein. Ich dachte, wenn ich diese Therapie mache, gefährdet er unsere Ehe. Und das Lustige ist: Das tut er auch. Aber aus ganz anderen Gründen, als ich gedacht habe.« Der Blick, den Frau Bovensiepen ihm daraufhin zuwarf, war so kokett, dass er aufrichtig überrascht war. Er versuchte, sich nichts anmerken zu lassen, und räusperte sich.

»Sie vermuten also, dass Sie tief in sich drinnen möglicherweise wütend auf Ihre Söhne sein müssten. Warum?«

»Weil sie mich im Stich gelassen haben, oder nicht?«

»Haben sie das denn?«

»Haben sie das nicht?«

»Ich dachte, die Fragen stelle ich.« Frau Bovensiepen schnaubte.

»Also«, fing er wieder an. »Inwiefern haben sie Sie im Stich gelassen?«

»Sie sind ausgezogen, sie haben sich abgewandt.« Gedankenverloren strich sie mit dem Finger ihr rechtes Auge aus. »Sie rufen nicht an, sie haben mich alleingelassen in einem riesigen Haus, das wir extra für sie angeschafft haben, und mein Mann ist auch nie da.«

»Aber Sie sind gar nicht wütend, haben Sie gesagt.«

»Vielleicht weiß ich es nur noch nicht.«

»Vielleicht sind Sie es aber auch gar nicht.«

»Ja, wissen Sie, es ist doch so«, sagte Frau Bovensiepen, und er lehnte sich zurück, denn jetzt sollte offenbar eine lange Rede folgen. »Meine Söhne sind über dreißig, sie sind verheiratet und arbeiten sehr viel. Als sie noch zu Hause gewohnt haben, war ich eben nur eine ganz normale Mutter, nicht ihre beste Freundin oder so etwas. Ich weiß nicht, ob ich sauer sein sollte, weil sie ausgezogen sind, denn das war ja früher oder später nötig. Ich hätte doch auch nicht gewollt, dass meine Söhne unselbständig bleiben. Also kann ich ihnen irgendwie einfach nicht böse sein. Und es ist ja nicht wahr, dass sie sich gar nicht melden, nur eben zu selten, ich glaube eigentlich nicht, dass das ein echter Grund ist, sich im Stich gelassen zu fühlen. Ich habe mir nur gerade auf der Toilette überlegt, was ich wohl fühle, weil Sie mich ja gefragt haben, und dann schien das alles so gut zusammenzupassen, und eigentlich hoffe ich immer noch, dass sich rausstellt, dass ich Recht habe und nur zu meiner Wut bisher nicht durchgedrungen bin.«

Sie holte tief Luft. Sie wollte noch mehr sagen, aber ihr Mund blieb geschlossen und ihr Blick wanderte zum Fenster. Matthias roch ihr Parfum, dazu ihren Schweiß und das Leder des Sesselbezugs, als sie sich unruhig bewegte.

»Ich schlage Ihnen jetzt mal ein Gefühl vor«, sagte er. »Ich könnte mir vorstellen, dass Sie traurig sind.«

»Traurig?« Frau Bovensiepen wiederholte das Wort zweimal und schien seinen Geschmack zu testen. »Vielleicht.«

»Macht es Sie traurig, dass Ihre Söhne nicht mehr zu Hause wohnen?«, fragte er, und Frau Bovensiepen bekam feuchte Augen. Sie nickte und sah ihn nicht an. Er wartete ab. Ließ das Gespräch einwirken, die Sitzung war fast zu Ende. Eine erste Träne rollte über Frau Bovensiepens Gesicht. Das war ihr ganz und gar nicht recht. Sie wischte sie weg, aber als immer mehr Tränen folgten, kam sie nicht mehr hinterher, und dann weinte sie richtig. Er hatte nicht unbedingt damit gerechnet, dass sie schon dieses Mal weinen würde, er hätte auf die nächste oder übernächste Sitzung getippt, aber das spielte keine Rolle, Hauptsache, es war etwas in Gang gekommen.

Nach einer ganzen Weile fragte er: »Wann haben Sie das letzte Mal geweint?«

»Vor dreißig Jahren ungefähr«, sagte Frau Bovensiepen und schien sich selbst zu wundern, dass sie noch sprechen konnte.

»Wie fühlt es sich an?«

»Befreiend. Und schrecklich«, sagte sie.

Das gefiel ihm. Die meisten sagten immer nur, es fühle sich gut an, es sei erleichternd et cetera, aber er wusste, dass Frau Bovensiepen Recht hatte, es war schrecklich, in Wirklichkeit.

8

Sein Magen fängt nach einer langen Zeit der geduldigen Resignation an zu knurren und macht ein tieftrauriges, urzeitliches Geräusch. Matthias muss stehen bleiben, um durchzuatmen. Er hat eine beachtliche Höhe geschafft, kann auf dem Wanderweg weiter unten die Touristen erkennen und hat seit mehreren Minuten niemanden mehr überholen müssen. Er blickt ins Tal, dehnt seine verhärteten Unterschenkel, füllt seine Lungen mit der guten, aromatischen Luft, wischt sich den Schweiß von der Stirn und von der Innenseite der Sonnenbrille und fühlt sich in diesem Augenblick alles in allem lächerlich.

Er ist einundfünfzig Jahre alt, zwei Drittel seines Lebens liegen hinter ihm, und nun steht er hier auf einem Hügel, blickt zurück und erkennt plötzlich deutlich, dass er nichts weiter ist als ein wandelndes Abziehbild. Die Karikatur eines Psychologen, der versucht, vor seinen eigenen Gefühlen davonzulaufen, aber nicht nur das, auch die Karikatur eines Ehemanns, treu und von beinahe Übelkeit erregender Beständigkeit, jemand, dem nicht einmal ein einfacher Seitensprung gelingt, trotz bester Voraussetzungen. Klaus ist er ein typischer großer Bruder, er benimmt sich genau so, wie man es erwarten würde. Außerdem ist er selbstverständlich ein reibungslos funktionierender Sohn, jemand, auf den die Eltern stolz sein können (nachdem sie sich mit seiner Berufswahl abgefunden haben). Seine Karriere verläuft geradlinig, seit sie einmal in Gang gekommen ist, er trifft schon seit Jahren keine riskanten Entscheidungen mehr, macht keine Veränderungen durch, im Grunde macht er noch nicht einmal mehr neue Erfahrungen; das Leben strömt und nimmt ihn mit, und er lässt sich abschleifen, bis er jede Form verloren hat. Und ganz genauso wird es im letzten Drittel weitergehen, weil er nämlich die Fähigkeit, Einfluss zu nehmen, nicht mehr hat, vielleicht hat er sie nie gehabt. Aber das Lächerlichste an der ganzen Sache ist, dass seine Gedanken genau die Gedanken sind, von denen man annimmt, dass ein einundfünfzigjähriger Mann sie hat, wenn er durch die Gegend wandert und versucht, Bilanz zu ziehen.

Hinter seinen Augen spürt er ein Brennen, und es wäre ihm durchaus recht, wenn sich jetzt ein paar Tränen hervorwagten, nur ein, zwei, sozusagen als Manifestation seiner Gefühle, als sichtbares Zeichen eines Leids, das in seinem Inneren nagt, vielleicht würde ihn das ein wenig trösten, denn wer soll ihn trösten, wenn nicht er selbst, denn er selbst ist es ja auch, der Mitleid mit sich empfindet; stattdessen wendet er sich dem Wegrand zu und pinkelt. Danach schleppt er sich weiter, sein Magen tut ab und zu einen kleinen Seufzer und ist nach einer Weile ganz still.

Wahrscheinlich sagt Klaus genau die gleichen Dinge, wenn er mit seiner unfähigen Therapeutin redet. Abgesehen von der Sache über die Karriere. Und abgesehen von der Sache mit dem Ehemann. Klaus war ganz sicher kein guter Ehemann, das war bei der Frau auch beinahe unmöglich. Eigentlich war es absehbar, dass es früher oder später eine Scheidung geben musste.

Es ist schwierig, wenn man selber eine gute Beziehung aufgebaut hat und in der Lage ist, sie zu erhalten, dabei zusehen zu müssen, wie jemand sowohl an dem einen als auch an dem anderen Modell scheitert. Denn Klaus ist alles andere als ein zufriedener Junggeselle. Matthias glaubt nicht, dass er Liebschaften hat, schließlich hat er die meisten Nebenwirkungen auf den Beipackzetteln. Es ist insofern schwierig, als man zwangsläufig Mitleid empfinden muss, wenn man in der besseren Position ist. Und wer will schon seinen kleinen Bruder ständig bemitleiden müssen. Dass Klaus auf Matthias' Ehe und Karriere neidisch ist, versteht sich von selbst. Das alles hat sie noch mehr an ihre Rollen geschweißt, sie sind der große und der kleine Bruder und werden nie gleichauf sein können. Ist es das, was Klaus in seiner Therapie bespricht?

Auch für Ulla ist er stets ein großer Bruder gewesen, aber auf ganz andere Art. Er hat sie beschützt, hatte ein Auge auf sie, wenn sie in der Schule waren oder außer

Haus. Seine Eltern hätten ihn gar nicht darum bitten müssen, aber weil sie es taten, fühlte er eine noch größere Verpflichtung. Er stand ihr bei, wenn sie mal wieder Ärger hatte; sie provozierte oft und geriet ständig in chaotische Situationen voller Missverständnisse und Schuldzuweisungen. Sie waren ein Team, eine Zweierbande, er war derjenige, den sie um Rat fragte, der ihr bei den Hausaufgaben half (er war zwei Jahre weiter in der Schule), bei dem sie sich ausweinte. Dabei war sie mutiger als er, sie ging die Sachen direkt an, sie kannte keine Umwege, und oft genug war es seine Aufgabe, sie zurückzuhalten, damit sie sich nicht in Schwierigkeiten brachte. Er passte auf.

Und sie gab es ihm zurück, so gut sie konnte. Sie hatte einen Sonderstatus in der Familie, weil sie ein Mädchen war. Sie wurde anders behandelt als die Jungen, milder und weniger körperlich. Für sie gab es Stubenarrest, Nachtischentzug, Telefonverbot, alles Sachen, mit denen sich leben ließ. Sie nahm die Strafen großzügig auf sich, wenn sie damit Schlimmeres für die Jungen verhindern konnte. Etwas war beim Spielen zu Bruch gegangen – Ulrike war's; jemand hatte seine Schuhe nicht gründlich abgeputzt und Dreckspuren auf der Treppe hinterlassen – Ulrike war's. Matthias redete mit ihr, wenn sie zur Strafe in ihrem Zimmer bleiben musste, stundenlang hockten sie auf dem Boden und unterhielten sich, zwischen sich die Tür.

Aber das waren nur die Kleinigkeiten. Meistens konnte man die Dreckspuren jemandem zuordnen, und wenn die Geschwister sich nicht auf eine Version des

Geschehens einigen konnten, kam am ehesten Ulla ungeschoren davon. Sie nutzte das nie aus. Sie war das großherzigste Mädchen, das er je kennen gelernt hat. In jenen Tagen, als nach seinem Wutanfall die ganze Familie nicht mehr mit ihm redete, schlug sie sich auf seine Seite. Was für eine Tat war das. Sie hatte das Herz einer Löwin.

Wenn es ein Ereignis gibt, das etwas über seine Familie und deren Mitglieder erzählt, dann – so findet er jedenfalls – ist es dies. Er hat es längst ad acta gelegt, das alles ist lange schon verarbeitet und einsortiert, aber gelegentlich schwappt von diesen merkwürdigen Tagen etwas herauf in sein Bewusstsein und stellt alte Fragen, von denen er weiß, dass sie nicht mehr zu beantworten sind. Woher hat sie den Mut genommen? Warum hat er sich so aufgeregt? Er wusste es damals nicht mehr, sobald der Wutanfall vorüber war, und auch heute, nach über vierzig Jahren, erinnert er sich nicht. Was hat den Anfall ausgelöst, und vor allem: Was hat er getan oder gesagt?

Es muss jedenfalls fürchterlich gewesen sein, denn sein Vater beschloss, bis auf Weiteres nicht mehr mit ihm zu sprechen. Selbstverständlich erwartete sein Vater, dass der Rest der Familie sich ihm anschloss, und so sprach keiner mehr mit Matthias, der seine Wut schon bereute, sobald sie verraucht war, der sich entschuldigte und bereit war, alles wiedergutzumachen, wenn irgend möglich. Der erste Tag war noch erträglich. Er beschloss, die Strafe ungerecht zu finden, und machte einen Sport daraus, die anderen zu Reaktionen zu provozieren. Keiner brach das Schweigen. Miteinander redeten sie alle ganz normal, und so bekam die Sache etwas Unheimliches, das ihm am zweiten Tag Angst zu machen begann. Sie sahen ihn an, sie gaben ihm, was er haben wollte, dirigierten ihn herum, Klaus ließ ihn sogar mitspielen, als er Autos herumschob, sie spielten Unfall und rammten die Autos ineinander, aber mehr als Fahr- und Aufprallgeräusche waren von Klaus dabei nicht zu hören. Sein Vater ignorierte ihn vollkommen.

Am fünften Tag hatte er genug. Das war einfach nicht mehr auszuhalten. Er sprach seine Geschwister und seine Mutter an, bettelte, sie möchten mit ihm reden, ein Wort nur, ein Wort, damit er merkte, dass er nicht verrückt war, aber sie schauten durch ihn hindurch, mit großen, traurigen Augen wie Kühe. Panik stieg in ihm auf. Was, wenn das, was er gemacht hatte, so schlimm war, dass diese Strafe nie mehr aufhörte? Was, wenn er Lebenslänglich bekommen hatte?

Als sein Vater von der Arbeit nach Hause kam, stürzte Matthias sich auf ihn und entschuldigte sich noch einmal und noch einmal, er schlug vor, das Schweigen gegen eine andere Strafe einzutauschen, eine schlimme, grausame Strafe, die aber irgendwann vorbei sein würde, er riss sich zusammen und bat höflich um Begnadigung, schluckte die Angst herunter und sprach ruhig und vernünftig, um seinen Vater nicht noch mehr aufzuregen, und als der ihn weiterhin ignorierte, weinte Matthias voller Verzweiflung. Die anderen blickten ihn an, Klaus stand der Mund leicht offen, seine Unterlippe glänzte nass, für ihn war das alles sowieso weitgehend unverständlich, seine Mutter presste die Lippen zu einem schmalen Strich zusammen, und es war nicht zu erkennen, ob sie an sich halten musste, um nicht zu ihm zu laufen, oder im Gegenteil sein Verhalten missbilligte. Ulla hatte die Augen weit aufgerissen und starrte ihn an, ihre eine Hand zerdrückte den Stoff ihres Rocks. Sein Vater hatte sich abgewandt und schaute in einen der Töpfe, die auf dem Herd standen, um zu sehen, was es zum Abendessen gab. Matthias glaubte, ohnmächtig zu werden. Er wünschte sich, ohnmächtig zu werden. Er schloss die Augen und hielt den Atem an, weil er gelesen hatte, dass man es so machte. Von oben senkte sich wie eine schwarze Plane etwas auf ihn herab.

Da spürte er Ulla, die seinen Arm streichelte. Sie fuhr mit einer Hand in gleichmäßigen Bewegungen seinen Oberarm auf und ab, er öffnete die Augen.

»Nicht weinen«, sagte sie.

Der Vater drehte sich um. Aber Ulla ließ sich nicht beirren. Sie streichelte weiter, als hätte sie die abrupte Bewegung ihres Vaters gar nicht bemerkt, und sagte: »Hör auf zu weinen, Matthias. Bitte hör auf.«

Niemals hätte er sich getraut, umgekehrt das Gleiche zu tun. Die Konsequenz war natürlich, dass auch mit Ulla niemand mehr reden durfte, aber jetzt waren sie zu zweit, sie konnten sich miteinander unterhalten und dabei vergessen, dass die anderen sie zu ignorieren versuchten. Die Strafe verlor sofort jeden Schrecken, und bald gab die restliche Familie auf und fand zurück in den normalen Alltag, als wäre nichts gewesen.

In seinem Kopf setzt sich nach und nach die Erinnerung an die Szene wieder zusammen, er sieht die Küche vor sich, die weißen Kacheln, die braunen Schränke, den ewig brummenden Kühlschrank. Sie standen neben dem Esstisch, auf dem schon Teller und Besteck bereitgelegt worden waren; sie zu verteilen war die Aufgabe der Kinder, Gabeln nach links, Messer nach rechts, man musste die Bestecke meistens zurücktauschen, wenn Klaus sie hingelegt hatte, er konnte sich die Seiten einfach nicht merken. Er erinnert sich an den Vater, der kein großer Mann ist, aber der ihm groß erschien bei dieser Gelegenheit, ein Rücken so breit wie ein Garagentor, die Augen der Mutter, deren Wimpern zu kleinen Stäbchen zusammengeklebt waren, er weiß noch, dass ein Geruch über allem hing, natürlich, es war ja Essen auf dem Herd, dass der Geruch ihm zuwider war (was immer es an diesem Abend gab), weil er keinen Appetit hatte, seit Tagen nicht; er erinnert sich an die Hand, die seinen Arm berührte.

Er hat sich eingehend mit dieser Szene beschäftigt, während der Ausbildung und immer wieder danach, und er hat seinen Frieden damit gemacht. Auch mit dem Gefühl, das er damals hatte und das ihm in dieser Form nie wieder begegnet ist. Er hat lange gebraucht, um das passende Wort dafür zu finden. Die meisten Menschen sind viel zu rasch mit großen Wörtern bei der Hand; wenn sie sie dann einmal brauchen, stellen sie fest, dass sie untauglich geworden sind, weil sie ihre Kraft verloren haben, begriffliche Inflation. Er hat ein großes Repertoire an Gefühlsbezeichnungen, er braucht sie als

Vorschläge für seine Patienten, allesamt extrem und unrealistisch oder eben einfach selten. Er hangelte sich an Angst, Einsamkeit, Schmerz, Empörung, Fassungslosigkeit, Stress, Not und Ungerechtigkeit entlang und fand das Wort, das er brauchte: Verzweiflung. Kinder empfinden wahrscheinlich einfach stärker.

Und Ulla hatte gemerkt, was in ihm vorging. Das war erstaunlich. Sie verstand als Einzige, dass er Gefahr lief, vor aller Augen einfach auseinanderzufallen, und dass er gerettet werden musste. Auch an dieses Gefühl erinnert er sich (er hat es Trost genannt). Es war, als käme er innerlich zur Ruhe, als sei ihm lange kalt gewesen und endlich hatte er genügend Decken, um nicht mehr frieren zu müssen, es war auch ein Hochgefühl dabei, wie Triumph oder Euphorie, etwas, das sich in seinem ganzen Körper ausbreitete und dabei merkwürdigerweise in den Füßen begann. Es war ein Gefühl, das im direkten Gegensatz zum vorherigen stand, aber gleichzeitig aus ihm entsprang, es war die andere Seite der Medaille.

Genau so muss echte Hilfe aussehen: direkt, mutig, ohne Rücksicht auf die Konsequenzen für die eigene Person. Vielleicht geht das auch in einer Zufluchtsstätte für Mädchen, aber ganz sicher nicht, wenn man wie Anke seine Zeit hauptsächlich damit verplempert, Sponsoren aufzutreiben, Bücher zu führen, Gesprächstermine zu arrangieren und Instandhaltungsmaßnahmen anzuweisen. So etwas geht nur im echten Kontakt mit den Menschen, das ist es, was er in seiner Therapie zu leisten hofft, und doch ist er so weit davon entfernt wie eh und je. Hat er wirklich jemandem irgendwann so geholfen? Hat er jemals einem Patienten, der in einer Hölle aus Zwängen und inneren Befehlen lebte, mehr anbieten können als die vage Aussicht auf Trost, als einen Therapie-Vertrag und das schwache Versprechen, ihn nicht im Stich zu lassen (außer in den Ferien, außer an den Wochenenden, außer, wenn er schläft, arbeitet, fernsieht)?

Vor einigen Jahren ereignete sich in Ankes Einrichtung nachts ein Selbstmord. Sie bekam früh am Morgen einen Anruf; eines der Mädchen hatte offenbar psychische Probleme gehabt, die nicht richtig erkannt worden waren. Er erinnert sich an ihren Gesichtsausdruck, als sie das Telefon auf dem Nachttisch ablegte. Wie versteinert sah sie aus. Und dann wandte sie sich zu ihm und sagte mit einer seltsam hohen Stimme: »Es gibt Momente, da denke ich, selbst Schlafen ist im Grunde unterlassene Hilfeleistung.«

9

Früher, als er noch ein begeisterter Anhänger klassischer Verhaltenstherapie war, führte er gelegentlich In-vivo-Übungen mit seinen Patienten durch. Inzwischen lässt er das sein, er erzielt gute Erfolge allein mit Gesprächen und Imaginationen. Bei einer solchen Aktion klappte eine seiner Patientinnen, Frau Lerke, in ihrer eigenen Wohnung zusammen und wurde so hysterisch, dass er einen Krankenwagen rufen musste. Solche

Situationen sind unangenehm, aber er nahm das damals eher sportlich – wieder ein bisschen Berufserfahrung gesammelt.

Frau Lerke war Anfang dreißig, sie hatte lange ihre kranke Mutter gepflegt, und als diese gestorben war, hatte sie zunächst Erleichterung gespürt und sich mit großem Hunger auf das Leben gestürzt. Bis sie merkte, wie sie es vermied, Dinge zu berühren, von denen sie wusste, dass ihre Mutter mit ihnen Kontakt gehabt hatte. Das weitete sich rasch aus, infizierte Gegenstände kontaminierten andere, Wäschestücke, die in der gleichen Maschine gewaschen worden waren wie die Wäsche der Mutter, konnten nicht mehr getragen werden, alles wurde neu gekauft, aber das war teuer, und schon nach kurzer Zeit waren auch die neuen Stücke verseucht und unbrauchbar geworden. Als Frau Lerke zu Matthias kam, schlief sie auf dem Fußboden, den sie jeden Abend sauberwischte, bevor sie ein frisch gekauftes Bettlaken darauf ausbreitete. Sie aß auswärts, ging nur in Restaurants, auf der Arbeit oder in öffentlichen Einrichtungen auf die Toilette und verbrachte Stunden unter der Dusche. Sie hielt sich so wenig wie möglich in ihrer Wohnung auf und versuchte, wenn es sich nicht umgehen ließ, sie zu betreten, möglichst nichts zu berühren. Sie war verschuldet, weil sie dauernd alles neu kaufte, und sie hatte sich für eine Therapie entschieden, als sie merkte, dass das Gefühl der Infizierung mit ihrer Mutter anfing, sich auf ihre Arbeitsstelle auszuweiten.

Die Therapie schritt gut voran, der Fall war nicht kompliziert, es ging nur um einen einzigen Zwang, der natürlich weit reichende Konsequenzen hatte, aber die Aussicht auf Erfolg war recht hoch. Als Frau Lerke unbezahlten Urlaub nahm, weil sie es auch an ihrem Arbeitsplatz nicht mehr aushielt, waren sie bereit für die erste In-vivo-Übung. Er hatte seine Patientin lange vorbereitet, sie hatten alles immer und immer wieder in Gedanken durchgespielt, und Frau Lerke wirkte gefasst und innerlich gewappnet, um die Sache in Angriff zu nehmen.

Sie fuhren zu ihrer Wohnung, und unter seiner ruhigen und systematischen Anleitung fing Frau Lerke an, Dinge zu berühren, ihre Gefühle zu beschreiben und auszuhalten, bis sie langsam abflauten. In der Wohnung war es muffig, Matthias kam es so vor, als hinge die Krankheit der verstorbenen Frau noch in allen Ritzen, aus dem Kühlschrank kam ein unangenehmer Geruch.

Das Ganze ließ sich ziemlich gut an, es war schnell klar, dass sie auf dem richtigen Weg waren, Frau Lerke sprach von Erleichterung, vom Nachlassen des Drucks, von einem graduellen Rückzug der Angst. Im Nachhinein konnte er nicht mehr rekonstruieren, welchen Gegenstand Frau Lerke angefasst hatte, als es ihr zu viel wurde. Es musste etwas gewesen sein, das in sehr enger Verbindung mit ihrer Mutter gestanden hatte, wovon er nichts wissen konnte (das Zimmer der Verstorbenen war abgeschlossen und seit deren Tod nicht mehr betreten worden, sie hatten es sich selbstverständlich für zuletzt aufgespart). Ohne etwas Böses zu ahnen, forderte er Frau Lerke auf, Dinge zu berühren, sie umzustellen, sich die Hände nicht zu waschen, von ihrer Angst zu erzählen. Plötzlich klappte sie ein, als hätte man ihr eine Stange in die Kniekehlen gestoßen, schnappte einige Sekunden lang nach Luft und fing dann an, unkontrolliert zu schreien. Er stand daneben und wusste nicht, was er tun sollte.

Er redete beruhigend auf sie ein. Dann hockte er sich hin und versuchte, ihr eine Hand auf die Schulter zu legen, aber sie wand sich und stieß ihn weg, ihr Gesicht wurde rot, dann lila, sie brüllte, als verbrenne sie bei lebendigem Leib. Bald hyperventilierte sie, es gelang ihm nicht, sie festzuhalten. Schließlich setzte er sich neben sie auf den Boden und wartete ab. Sie beruhigte sich nicht, es gab weder eine Steigerung noch eine Reduzierung ihrer Hysterie. Er rief ihren Namen. Er holte Wasser und goss es ihr ins Gesicht, es half nichts. Irgendwann griff sie sich an die Kehle und stieß gurgelnde Laute aus, dann schlug sie sich mit der Faust auf die Brust. Da wurde es ihm unheimlich. Er versuchte sich zu erinnern, was er im Erste-Hilfe-Kurs gelernt hatte, aber in seinem Kopf war nichts gespeichert zu diesem Zustand. Was, wenn sie ihm einen Herzfehler verschwiegen hatte. Er stand eine Weile da und schaute ihr zu, bevor er zum Telefon ging und den Notarzt rief. Bis der Krankenwagen da war, brüllte Frau Lerke ohne Pause weiter, Matthias stand und schaute und zählte die Minuten.

Die Sanitäter stellten sie ruhig und nahmen sie mit. Später erfuhr er, dass Frau Lerke eine Zeitlang im Krankenhaus behandelt worden war (nichts Organisches) und dass man sie anschließend in eine psychiatrische

Klinik überwiesen hatte. Er fuhr einige Male hin, um sie zu sehen, sie sprachen miteinander, und er ermutigte sie, die Therapie wieder aufzunehmen, sobald es ihr möglich erschien, aber der behandelnde Arzt hatte ihm geraten, den Vorfall zunächst besser nicht anzusprechen, und so blieben sie beim Smalltalk. Frau Lerke tauchte später nie mehr bei ihm auf.

10

Er hat das letzte Haus am Weg bereits weit hinter sich gelassen. Der Pfad liegt einsam vor ihm, er ist schmaler geworden und steiniger, ebene Abschnitte wechseln sich mit Steigungen ab, die Vegetation ist struppig und staubig, auch Matthias' Schuhe sind mit einer Staubschicht überzogen. Er findet eine Bank am Wegrand und lässt sich darauf fallen.

Warum ihm gerade jetzt Frau Lerke wieder eingefallen ist, muss er sich nicht fragen, er lässt den Gedanken durch seinen Kopf ziehen, er weiß längst, dass er ein Danebensteher ist, ein Zugucker und Gute-Ratschläge-Geber. Schließlich versanden die ganze Erinnerung und ihre Folgegedanken ohne echtes Ergebnis. Er ist ziemlich übermüdet, das fühlt er deutlich, aber er versucht trotzdem, einigermaßen gerade zu sitzen und Haltung zu bewahren. Auch wenn er es nicht schafft, seinen Blick höher zu heben als über die Schuhspitzen – er vermutet, dass man von hier oben einen netten Blick auf die Berge hat. Seinen Patienten sitzt er immer gegenüber, egal, ob sie sich für den Sessel oder das Sofa entscheiden; er weiß, wie seine Körpersprache wirkt, er kann seine Unterschenkel entspannen und die Füße in ganzer Länge auf den Boden setzen, so dass jeder Zeh den Grund spürt und die gesamte Haltung an Ausstrahlung gewinnt, er kann den Oberkörper aufmerksam vorbeugen oder mit einer beinahe Unheil verkündenden »Aha«-Bewegung langsam gegen die Lehne sinken lassen, er ist sich in irgendeinem Winkel seines Gehirns stets bewusst, was seine Hände tun. Jetzt gerade hat er seine Finger in die Ärmel der Jacke gekrallt, die vor dem Bauch geknotet ist, die Gelenke zucken.

Es ist unendlich lange her, dass er zuletzt auf einer Bank saß, außerhalb eines Wochenmarktes, unendlich lange her, dass er neben einem kleinen blonden Jungen saß und auf dessen Mutter wartete. An diesem Tag scheinen Bänke eine besondere Rolle zu spielen, was auch immer sie symbolisieren mögen: das Warten, die Ruhe, das Aussitzen, das Altern, das Sitzen an sich, was genau genommen ein ganz eigenes Symbol wäre und sich in veränderter Form in seiner Unfähigkeit zu kacken wiederfindet. Er entscheidet sich für Warten als sinnvollste Überschrift für seine Situation. Er wird hier warten, auf irgendetwas, auf das, was als Nächstes kommt.

Seine Füße jedenfalls sind in Streik getreten und werden ihn vorerst keinen Meter weitertragen.

Als sie Klaus damals verloren hatten, in der Lübecker Innenstadt während eines der seltenen Einkaufsbummel mit anschließendem Kuchenessen, bei denen die ganze Familie zugelassen war (die Eltern hatten ungern alle Kinder gleichzeitig dabei, es kostete Kraft, sie in den bevölkerten Straßen unter Kontrolle zu halten und in den Läden dazu zu bringen, sich zu benehmen), hatte Matthias voller Hoffnung jede Sitzgelegenheit, an der sie vorbeikamen, inspiziert, weil er wünschte, sein Bruder würde dort warten. Er hatte große Angst ausgestanden, Klaus könnte entführt worden sein, »mit jemandem mitgegangen«, was immer das hieß, oder er hätte sich womöglich aus Spaß und Langeweile in einem der Kaufhäuser versteckt, vielleicht in einem Karton, den dann jemand zugeklebt und im Lager gestapelt hatte, war hängengeblieben in der Ritze hinter einer Umkleidekabine oder versehentlich in einer Besenkammer eingesperrt worden, so dass er elendig zugrunde gehen musste, ohne Essen und Trinken und Zahnbürste, bis man ihn bei Umbaumaßnahmen völlig vertrocknet irgendwo fand. Er machte sich Vorwürfe, nicht besser auf seinen Bruder geachtet zu haben. Aber er machte auch Klaus Vorwürfe. Schließlich hatten ihre Eltern ihnen zuvor eingeschärft, sie sollten bleiben, wo sie waren, wenn sie verlorengingen. Ulla hatte so eine Art, hinter Menschen herzulaufen, die sie interessierten, man musste stets fürchten, dass sie abhandenkam. Deshalb hatten sie ihnen immer wieder eingebläut, wie man sich zu verhalten hatte: Man musste an Ort und Stelle wie angewachsen stehen bleiben, nur so hatte man eine Chance, gefunden zu werden. Wenn Klaus noch lebte und wenn sie ihn wiederfanden, dann würde er gehörig

Ärger bekommen, das war klar, und Matthias wünschte sich in diesem Moment vor allen Dingen, dass Klaus alles richtig gemacht hatte, dass er brav irgendwo wartete und dass sie ihn bisher nur übersehen hatten. Wenn dies nicht der Fall war, so war Matthias' zweitliebste Variante die mit der Entführung, denn dafür konnte Klaus nun wirklich nichts. Entweder übersehen oder entführt, das war das Beste für ihn.

Als sie ihn fanden, war er ein heulendes Häufchen Elend, und er sah nicht gerade erleichtert aus, als er seine Familie erblickte. Er wusste, er hatte sich nicht nur falsch verhalten, er hatte auch noch allen den Einkaufsbummel verdorben. Er erwartete gar kein Mitleid. Matthias erinnert sich, dass er damals tatsächlich einen Anflug von Hochachtung für seinen kleinen Bruder verspürt hatte, der zwar weinte und jammerte, wie er es immer tat, und um Entschuldigung bat, aber mit keiner Silbe erwähnte, dass diese ganze Sucherei auch für ihn ziemlich unangenehm gewesen war. Beim anschließenden Kuchenessen musste er danebensitzen und zusehen.

Viel später, als sie zu Hause waren, Klaus seine Strafe überstanden hatte und in seinem Zimmer saß, kam Matthias zu ihm, um mit ihm zu schimpfen. Er war der große Bruder, und es war seine Pflicht, dafür zu sorgen, dass so etwas nicht wieder passierte. Wieso Klaus, obwohl er eigentlich wusste, wie es ging, immer alles falsch machte, hatte er nie verstanden. Danach saßen sie ein paar Minuten zusammen auf Klaus' Bett und rekonstruierten den Hergang der ganzen Sache, wer war zu welchem Zeitpunkt wo gewesen, wo war man sich fast über den Weg gelaufen, warum war man ausgerechnet dahin gegangen, was hatte man gedacht, was der andere dachte, und so weiter.

»Warum bist du nicht einfach stehen geblieben?«, fragte Matthias.

»Meine Beine waren so zappelig.«

»Hättest du alleine nach Hause gefunden?«

»Ich weiß nicht«, sagte Klaus. »Ich glaube nicht.«

»Ziemlich unheimlich.«

»Ja«, sagte Klaus, und Matthias sah, dass seine Unterlippe zu zittern anfing. Gleich würde er weinen und ihm erzählen, wie schrecklich es gewesen war und wie viel Angst er gehabt hatte. Matthias wollte es nicht hören.

»Ich denke nicht, dass dir das noch einmal passiert«, sagte er und stand auf, um zu gehen.

So ist Klaus bis heute. Für ihn sind Worte wie »Verzweiflung« so alltäglich wie Zahnweh oder Schweißfüße. Er ist dauernd wegen irgendetwas in der Krise, total am Ende, er hat auch keine kleinen körperlichen Unpässlichkeiten, sondern stets furchtbare Schmerzen, gern auch die der unerträglichen Sorte. Er macht ihre Eltern wahnsinnig damit, Matthias kann das etwas gelassener sehen, er kennt so etwas von Patienten. Und er sieht, wie gerne Klaus die Eltern ärgert. Er will sich nicht ärgern lassen. Seinetwegen kann Klaus ihn nach jedem albernen Selbstmordversuch anrufen, um ihm haarklein die Motive für den Entschluss sowie für den Abbruch des Ganzen zu erläutern, er kann das verkraften. Seine Eltern sind, nach einer Zeit der Sorge und des Mitleids, inzwischen hauptsächlich genervt. Für sie ist Wut in erster Linie unhöflich und Depression vor allen Dingen eine unschöne Krankheit, gegen die es Gott sei Dank Medikamente gibt.

Dass diese Krankheit allerdings so lange dauert, ist ihnen nicht geheuer. Nach krank kommt gesund, wer krank ist, lässt sich helfen, es ist absolut inakzeptabel, länger als nötig in Krankheit zu verharren. Als Kinder waren sie alle nur von der Schule befreit worden, wenn sie nachweislich hohes Fieber hatten. Sobald das Fieber herunterging, war die Schonzeit vorbei. Und die Eltern Harms waren stolz darauf, dass ihre Kinder so selten krank waren, man hörte viel von anderen Fällen, von weichen, blassen, ewig angeschlagenen Kindern, die ihren Eltern ständig Sorgen bereiteten. Sie vertrauten bestimmten Medikamenten, vornehmlich Mitteln, die es rezeptfrei in den Apotheken gab, und mit diesen waren sie freigebig. Bestimmte Wehwehchen hingegen fanden keine Anerkennung und wurden auf eigenes Fehlverhalten oder die innere Einstellung geschoben. Wer Bauchweh hatte, hatte zu viel gegessen und bekam nun die Quittung (erst Durchfall galt als echtes Symptom), Kopfweh kam vom vielen Lesen oder von zu viel Druck, es konnte damit bekämpft werden, dass man lange aus dem Fenster schaute, Erschöpfungszustände und Stress hatten selbstverständlich mit einer falschen Zeiteinteilung zu tun, mit zu wenig Schlaf und einer unsportlichen Haltung.

Matthias hatte einmal die fünfzehnjährige Ulla nachts

im Badezimmer getroffen, wo sie den Hängeschrank über dem Waschbecken nach Tabletten durchsuchte, weil sie starke Kopfschmerzen hatte und nicht schlafen konnte. Er hatte ihr geholfen, und als sie beide nichts Brauchbares fanden, schluckte sie irgendetwas, um wenigstens einen Placebo-Effekt zu provozieren, und trank Unmengen Wasser. Er massierte ihr den Nacken und blieb mit ihr wach, um sie abzulenken. Am nächsten Tag besorgte Ulla Schmerztabletten und war von da an die Anlaufstelle für die Geschwister an verkaterten Morgen oder am Abend vor der Prüfung.

Klaus hätte tatsächlich sonstwas passieren können, damals, als seine Beine einfach zu zappelig waren, um ihn länger an einem Fleck zu halten. Und Ulla hätte einfach nur eine Minute länger stehen bleiben müssen, um noch am Leben zu sein.

Fürs Erste wird Matthias hierbleiben, auf der Bank, das scheint das Sicherste zu sein.

11

Was als Nächstes kommt, ist Schlaf. Der Stand der Sonne hat sich bereits erkennbar verändert, sie strebt den Bergkuppen zu, um in absehbarer Zeit dahinter zu verschwinden. Matthias rutscht auf der Sitzfläche nach vorne, bis er den Kopf auf der Rückenlehne ablegen kann, starrt nach oben und merkt, dass er jetzt einschläft. Ein interessanter Zustand, den er selten bewusst miterlebt. Meistens liegt er da, hört sich selbst beim Denken zu und ist überrascht, wenn er aufwacht. In den letzten Jahren hat die Schlaflosigkeit sogar zugenommen, das liegt am fortschreitenden Alter. Er versucht, sich darauf einzustellen, dass es bald weiter bergab gehen wird; ältere Menschen – zu denen er noch nicht zählt, mein Gott, er ist mit etwas Glück gerade bei der Hälfte angekommen, wer redet denn von zwei Dritteln – können froh sein, wenn sie mehrere Stunden am Stück schlafen. Das Gute ist, dass mit der Zeit auch Anke immer schlechter schlafen wird, und dann hat er wenigstens Gesellschaft. Sie können sich unterhalten oder fernsehen, sie können zusammen um vier Uhr morgens aufstehen und sich einen Tee machen und dann sitzen und warten, bis sie hören, wie die Zeitung durch den Briefschlitz geschoben wird. Wenn sie Glück haben, kann das eine Weile so gehen. Danach werden sie irgendwann nicht mehr in der Lage sein, das Haus zu halten. Trotz Putzhilfe wird es immer schwerer werden. Auch das Haus wird altern, es wird mehr und mehr Geld verschlingen. Vielleicht ist einer von ihnen schon bald nicht mehr imstande, die vielen Treppen zu bewältigen. Seine Gedanken geraten ins Trudeln, entgleiten ihm sanft. Was ihn ein bisschen tröstet, ist die Tatsache, dass Männer eigentlich immer vor ihren Frauen sterben. Andererseits gibt es die Gene. Man braucht sich seine Eltern nur anzusehen, um zu begreifen, dass sie noch ewig durchhalten werden. Sie sind mit Mitte siebzig bei Weitem nicht am Ende. Es kommt ihm schon länger so vor, als sei er dabei, seinen Vater einzuholen.

Früher ist der Abstand zwischen ihnen immens gewesen. Jetzt steht er kurz davor, mit seinem Vater gleichzuziehen. Nicht mehr lange, und sie werden die gleichen Medikamente nehmen müssen, um ihre Körper auf Touren zu halten. Und wenn er Pech hat, dann erwischt ihn sogar eine dieser Krankheiten, denen die Menschen früherer Generationen einfach durch einen natürlichen Tod im rechten Moment entkommen sind. Dann kann sein Vater ihn (und seinen labilen Bruder natürlich) leicht überleben und ist ein wahrer Kandidat für die Statistik der möglichen Schicksalsschläge, die Matthias damals im Biergarten erfunden hat: Autounfall, Selbstmord, Krebs.

Als er aufwacht, liegt er seitlich auf der Bank, den Kopf auf den Ellbogen gebettet, das Gesicht dem Weg zugewandt. Die Beine sind angewinkelt, die Jacke liegt darüber. Offensichtlich hat er sich im Halbschlaf eine bequemere Position gesucht und sich selber zugedeckt. Er kann sich nicht daran erinnern. Aber er erinnert sich an den Traum, den er vor dem Aufwachen hatte.

Er ritt auf einem Pferd, um ihn herum war Steppe, so weit das Auge reichte nur Gras und Wind, und er trabte und galoppierte, als hätte er nie etwas anderes getan. Dann veränderte sich die Landschaft, er geriet in einen Urwald, und während er sich umsah und im gefilterten, grünlichen Licht anfing, exotische Vögel und merkwürdige Pflanzen zu erkennen, bemerkte er, dass sein Pferd zu einem Elefanten geworden war. Er selbst saß in einem riesigen Sattel und schwankte hin und her. Das Schwanken ließ nach, als der Urwald in eine Wüste mündete, obwohl (oder weil) der Elefant sich gleichzeitig in ein Kamel verwandelte. Matthias blickte verwundert an seinem Transportmittel hinunter, es war heiß, die Sonne brannte ihm auf den Schädel, er spürte deutlich seinen Hintern und ein unangenehmes Ziehen im Rücken. Als er an eine Wasserstelle kam, stand dort Klaus, mit Vollbart und Turban, nickte anerkennend zu ihm herauf und sagte: »Mit der Nummer könntest du im Zirkus auftreten.« Eine weitere Gestalt kam aus dem Hintergrund hinzu, seine ehemalige Deutschlehrerin. Er grüßte respektvoll, sie lächelte freudig und sagte: »Gratuliere, du hast jeder Umgebung das richtige Tier zugeordnet.«

Es ist dunkel geworden, während er geschlafen hat; die Sonne ist untergegangen, der Mond steht noch niedrig, ist gelblich und fast ganz rund. Steif setzt er sich auf und murmelt: »So viel zur tieferen Bedeutung von Träumen.« Es tut gut, die eigene Stimme zu benutzen. Immerhin hat er nicht von seiner Schwester geträumt.

Die Luft ist spürbar abgekühlt. Außer ihm ist jetzt niemand mehr hier draußen. Die anderen Wanderer sitzen inzwischen in ihren gemütlichen, rustikalen Berghotels oder in ihren Pensionszimmern und Ferienwohnungen und sehen fern, bis sie müde genug sind, um ins Bett zu gehen. Oder sie essen ein ausgedehntes Abendbrot mit Fladen und Speck und Perlzwiebeln oder mit Schweinebraten und Kaiserschmarren, Matthias zieht sich der Magen zusammen. Er ist so ausgehungert, dass er schon keinen Appetit mehr hat. In seinem Mund ist ein Geschmack, der ihn an nichts erinnert, aber deutlich da ist, ein waschechter Matthias-Harms-Geschmack, durch keine Speise beeinflusst, die gerade in seinem Rachen verschwunden ist, durch keine Reste zwischen den Zähnen verfälscht, durch keine gasförmigen Grüße vom Mageninhalt modifiziert. Das fasziniert ihn. Er kann sich nicht entsinnen, jemals in seinem Leben so lange nichts gegessen zu haben. Selbst wenn er doch einmal krank ist, zwingt er etwas in sich hinein, wenigstens eine Medizin hat er immer intus, meistens auch Saft oder einen Zwieback. Jetzt hat er seit Stunden nicht einmal Leitungswasser getrunken. Dieser Geschmack kommt nur aus ihm selbst, er kommt aus seinen Drüsen und von seinem Zahnfleisch, von seiner Magensäure, es ist der Geschmack seiner eigenen Spucke, und sonst nichts. Er ist allein in den Bergen, für niemanden erreichbar, und schmeckt sich selbst.

Da er erbärmlich friert, ist es undenkbar, einfach sitzen zu bleiben, Sicherheit hin oder her. Seine Gelenke sind so steif, dass er zögert, sie überhaupt zu benutzen. Als er aufsteht, gleitet die Jacke zu Boden, er bückt sich nach ihr und kommt sich vor wie damals, als Anke ihn zwang, Yoga zu machen, weil er nach einer kleinen Grippe vom ständigen Liegen vollkommen verspannt war. Sie stellte sich neben ihn und machte es vor. Am Ende schoss das Blut mit einer solchen Geschwindigkeit aus seinem Kopf in die Füße – so jedenfalls fühlte es sich an, als er sich wieder aufrichtete –, dass ihm schwarz vor Augen wurde und er wie ein gefällter Baum zurück ins Bett krachte. Auch diesmal wird ihm schwindelig, aber er hält sich auf den Beinen. Dann zieht er die Jacke an, macht den Reißverschluss bis oben hin zu, setzt seine Sonnenbrille ab, verstaut sie in der Außentasche und setzt sich langsam in Bewegung.

Sobald er wieder ein bisschen Tempo hat, wird er aufhören zu frieren. Zurückgehen kommt nicht in Frage. Jetzt, wo er allein in den Bergen ist und sich selbst schmeckt, wird er einen Teufel tun und ins Hotel zurückgehen. Garantiert hat Hermann Manfred oder Manfred Hermann dort eine kleine Nachricht unter seiner Tür durchgeschoben (*Was ist los? Wir machen uns Sorgen. Wir gehen nachher alle ins Soundso und machen einen drauf. Komm, wenn es dir besser geht)*, wartet seine Schwester mit weiteren Strophen übers Kühezerlegen und den Pastor auf ihn, ruft ihn seine potenzielle Nichte alle zehn Minuten an. Er ist auf dem richtigen Weg hier draußen, fort von allem, und bei den platten Füßen, die er hat, ist es sicherlich das einzig Vernünftige, zur nächstbesten Ortschaft zu wandern und dort auf den ersten Bus nach Meran zu warten. Die ganze Gegend ist vollgestellt mit Dörfern. Und vielleicht kann er dieser Farce so doch noch den Charakter einer anständigen Wanderung geben, für die er sich später nicht rechtfertigen muss.

Die Glieder werden elastischer, er hört bald auf zu zittern, nur die Füße schmerzen. Eine Weile hält sich das Gefühl, das er beim Aufstehen hatte, ein Gefühl von Neuanfang und Aufbruch, von Abenteuer und Askese. Die Sterne glitzern und blinken oder strahlen einfach gelassen vor sich hin, von der Stadt unten im Tal geht ein Streulicht aus, und an den Bergflanken sind überall dort Lichter zu erkennen, wo eine Siedlung oder eine Straße verläuft. Je weiter man die Hänge hinaufschaut, desto seltener werden die Lichter, dort oben liegen sicherlich nur vereinzelte Bergbauernhöfe. Er stellt sich vor, wie die Bauern in ihren Stuben sitzen und fernsehen (Sport wahrscheinlich, bereits voller Vorfreude auf die WM, und ohne zu ahnen, dass die deutsche Mannschaft durch Matthias' Schuld versagen wird), die müden Füße hochgelegt, aus den Haaren und an den Händen noch zart nach Kuhstall riechend, wie sie dabei ein kühles Bier trinken und das, was sie im Fernsehen sehen, kommentieren, ohne sich zu ihren Frauen umzudrehen, die bei offener Küchentür den Abwasch machen. Sieht die Welt wirklich so aus? Wahrscheinlich sind die meisten von ihnen steinalt und schon lange nicht mehr in der Lage, die schwere körperliche Arbeit zu verrichten, die verbliebenen Kühe vegetieren im Stall vor sich hin, bis zu den Bäuchen im eigenen Mist, der Hofhund wildert, um zu überleben, und die Söhne, die alles übernehmen sollten, sind entweder längst abgehauen oder haben keine Frau gefunden, bewohnen nach wie vor ihr altes Kinderzimmer mit den Postern an der Wand, werden von Tag zu Tag wunderlicher und kahlköpfiger und verlieren schließlich die letzten Ersparnisse an einem einzigen Abend im Kasino.

Die Bäume stehen jetzt immer dichter, hier beginnt eine Art Waldgebiet. Seine eigenen Gedanken gefallen ihm nicht, mit aller Macht versucht er, sich den zufriedenen Bergbauern wieder vorzustellen, der seiner Frau ins Badezimmer folgt, wo sie sich die Zähne putzt und die Haare kämmt, während er eine heiße Dusche nimmt, bevor sie sich wohlig grunzend in ihrem Bauernbett mit den karierten Decken aneinanderschmiegen. Immer stolpert der kahlköpfige Hoferbe ins Bild. Er beschließt, für eine Weile überhaupt nicht mehr zu denken.

12

Es muss spät sein, er hat nichts als die Lichter und den Mond als Anhaltspunkt. Der Mond steht inzwischen hoch oben und strahlt hell und kühl, jeder Strauch wirft einen Schatten auf den Weg, jeder kleine Stein hat einen winzigen schwarzen Partner an seiner Seite; da, wo das Mondlicht nicht hingelangt, ist die Schwärze total. Immer wieder führt der Weg durch Wäldchen oder Baumansammlungen, Nadelgehölz. Die Lichtpunkte an den Hängen und im Tal sind zum großen Teil ausgegangen. Bewegliche Lichter sieht er überhaupt nicht mehr, niemand ist mit dem Auto unterwegs. Er hat keine Ahnung, wo er hingeht, der Weg ist holprig und uneben, er hat Schwierigkeiten, seine Füße hoch genug zu heben. Aber er bleibt in Bewegung wie eine Maschine. Er hat brennenden Durst, andererseits ist er sich nicht sicher, ob das Gefühl wirklich Durst ist, das heißt, ob es sich mit Wasser bekämpfen ließe. Selbst wenn er eine Quelle fände oder eine eiskalte Cola seinen Weg kreuzte, er würde sie wahrscheinlich links liegenlassen, aus lauter Furcht, das Gefühl würde auch nach dem Trinken bleiben und sich als Ankündigung von etwas Fatalem erweisen.

Am Wegrand (an einer Seite steigt der Berg auf, an der anderen fällt der Hang ab) steht eine kleine Kuppel aus Beton, darin eine hölzerne Maria vor einer Kerze mit roter Plastikhülle. Er wirft einen Blick auf die Figur, deren Gesicht sich etwa auf Kniehöhe befindet. Sie hat fromm die Hände zusammengelegt und hält den Kopf gesenkt, und als er vorbeigegangen ist, sagt sie: »Verausgab dich nicht so, Matthias.«

Er hört es deutlich. Er dreht sich um, hockt sich vor die Maria und sagt: »Sag das noch mal.«

Sie schweigt. Er wartet. Dann steht er auf und geht weiter. Er ist nicht einmal katholisch.

Das Nächste, was er bewusst mitbekommt, ist, dass er stolpert und einen Hang hinunterrollt. Er dreht sich mehrmals um sich selbst (nicht kopfüber, nur seitwärts), stößt gegen Steine, reißt instinktiv die Arme hoch, um den Schädel zu schützen, und kommt nach unendlich langer Zeit an einem dunklen, steinigen Ort zum Liegen.

Als er versucht aufzustehen, durchzuckt ihn ein Schmerz, dessen Herkunft sich nicht recht orten lässt. Irgendein Teil seines Körpers ist versehrt und sendet diese Information an sein Gehirn, mehr ist nicht herauszukriegen. Er schaut nach dem Mond, aber der versteckt sich, nur ein paar Sterne findet er, ganz hoch oben, immerhin. Er muss in eine Art Graben geraten sein, irgendetwas mit einigermaßen steilen Wänden, die die

Sicht verstellen und das Licht ausschließen. War das nicht zu erwarten? Man kann nicht mit Anfang fünfzig einfach mit leerem Magen und kaum Schlaf eine Nachtwanderung machen, ohne dass einem so etwas hier passiert. Wenn er Glück hat, muss er nur einen Moment warten, bis die Schmerzen erträglich werden, und sich dann wieder an den Aufstieg machen; wenn er Pech hat, ist die Wanderung für heute vorbei, und er kann hier warten, bis die Bergwacht ihn findet oder wenigstens ein paar Touristen in bunten Gore-Tex-Jacken, die sich fürs Wochenende diesen Wanderweg vorgenommen haben. Vermutlich ist er im Gehen eingeschlafen.

Er wartet. Er hat keine Angst. Angst ist kein effektives Gefühl, es ist besser, man lässt es gar nicht so weit kommen, dass es einen beherrscht. Auf dem Markt hat er sich von Panik überwältigen lassen, und das hat ihn auch nicht da rausgeholt. Ruhe bewahren ist immer das Beste. Mulmig ist ihm allerdings schon. Das ist ein Wort, das er zulassen kann. Mulmig, unheimlich, vielleicht auch bange. Seine Jacke ist nicht besonders warm. Er geht Stück für Stück seinen Körper durch, um herauszufinden, wo genau er beschädigt ist, immer in Erwartung eines plötzlichen Stichs. Als es ihn wieder durchzuckt, so dass ihm sogar ein Laut entfährt, ist er gerade bei den Beinen. Ein Klassiker. Andererseits sind gebrochene Arme, Rippen oder Schädel ebensolche Klassiker. Wo Knochen sind, kann man sich welche brechen. Und wenn man so dumm ist, irgendwo runterzufallen, dann darf man sich nicht wundern, wenn etwas kaputtgeht. Nur keine Panik. Die Größe des

Schmerzes sagt nichts über die Ernsthaftigkeit der Verletzung aus. Prellungen können höllisch wehtun. Wie fühlt sich ein Bruch an? Er hat keine Ahnung. Er hat sich als Kind abgewöhnt, langwierige Krankheiten zu bekommen, und später hat er einfach gut auf sich aufgepasst. Er hat sich nie etwas gebrochen oder verstaucht, hatte nur einmal nach einem Auffahrunfall ein kleines Trauma in der Nackenwirbelsäule, nichts, was sich nicht mit Langmut und ein paar guten Schmerzmitteln beheben ließ. Er ist noch nicht einmal in einem Krankenhaus gewesen, jedenfalls nicht als Patient. Wenn seine Eltern ihn nach dem Befinden fragen und er ihnen wahrheitsgemäß antwortet, dass selbstverständlich alles in Ordnung sei, sagt sein Vater oft (und dabei klopft er ihm auf den Rücken): »Du bist ein echter Harms.« Klaus und Ulla sind in dieser Hinsicht für seine Eltern eine Enttäuschung.

Er richtet den Oberkörper auf. Das Wichtigste ist jetzt herauszufinden, ob er irgendwo Blut verliert. Wenn er blutet wie ein Schwein, kann er nicht einfach untätig hier liegen bleiben und auf Wanderer warten, die im Frühtau zu Berge ziehen. Dann muss er irgendeine Maßnahme ergreifen, auch wenn er jetzt noch nicht weiß, welche. Die Blutung stillen. Den Schock bekämpfen. Er hatte sich nach Frau Lerkes hysterischem Anfall fest vorgenommen, einen neuen Erste-Hilfe-Kurs zu machen, seitdem sind mehr als zehn Jahre vergangen. Und diesmal kann er nicht einfach den Notarzt rufen, wenn ihm die Ideen ausgehen. Er hat große Hemmungen, an sich herumzutasten. Lieber hätte er sämtliche

Knochen gebrochen, als im Dunkeln in eine offene Wunde zu fassen.

Inzwischen kann er Umrisse erkennen, seine Augen haben sich an die Dunkelheit gewöhnt, mehr ist offensichtlich in dieser Situation nicht zu haben. Es tut weh, wenn er sich bewegt, ist aber auszuhalten, und er befingert sein rechtes Bein, spürt, dass der Hosenstoff unter dem Knie zerrissen ist, atmet tief aus und führt zwei Finger in die Öffnung. Ein bisschen feucht ist es dort, allerdings spürt er nicht, dass da noch etwas sickert. Er vergewissert sich, dass der Stoff an keiner Stelle größere Nässeflecken hat, hält sich die Finger dicht vor die Augen, dann weit in Richtung Sternenhimmel, um zu erkennen, ob dunklere Farbe darauf zu sehen ist, erkennt jedoch nur Scherenschnitte. Vermutlich gibt es Abschürfungen, Blutergüsse, eine Stauchung oder einen Bruch, aber nichts, was lebensgefährlich wäre. Er braucht nur seinen Oberkörper so gemütlich wie möglich wieder abzulegen und zu warten, bis zu entscheiden ist, ob er weitergehen kann oder nicht.

Mit weit offenen Augen blickt er in die Sterne. Er will auf keinen Fall in der Dunkelheit auch noch die Augen schließen. Er friert. Die Sterne fangen an, sich zu drehen und dabei kleine Schweife hinter sich herzuziehen wie winzige Kometen. Er darf nicht das Bewusstsein verlieren, auf gar keinen Fall. Es ist immerhin möglich, dass sein Kopf etwas abgekriegt hat, da bleibt man besser wach. Die Sterne halten wieder an und ordnen sich neu. Für eine Marienerscheinung wäre jetzt der bessere Zeitpunkt.

Es raschelt. Natürlich. Das ist das Nächste. Wenn ein nicht mehr junger, ziemlich dämlicher Mann in eine Schlucht rollt, dann ist die Reihenfolge der vermuteten Gefahren klar. Erst fürchtet man sich vor einer tödlichen Verletzung, die einen dahinraffen könnte, bevor der Hubschrauber da ist, als Nächstes kommen die wilden Tiere, für die man ein gefundenes Fressen darstellt, hilflos und nach Blut riechend, und am Ende bleibt die Angst, überhaupt niemals gefunden zu werden und einfach zu verdursten. Anke hat ihm vor einigen Wochen ganz begeistert einen Zeitungsartikel gezeigt, in dem stand, dass neuerdings wieder Bären über die Alpen wandern. Er muss sich zusammenreißen.

Er liegt und lauscht. Solange er sich nicht bewegt, tut ihm auch nichts weh, jedenfalls nichts, was der Rede wert ist. Dies ist ganz sicher nicht der Moment für Anstellerei. Es raschelt wieder, das klingt nach kleinerem Tier in trockenem Laub (irgendetwas Gehetztes, Maus zum Beispiel, keinesfalls Schlange), und gleichzeitig nimmt er ein Gekrabbel an seinen Fingern wahr. Giftige Spinnen gibt es in diesen Breitengraden nicht, und vor Ameisen muss man sich ganz bestimmt nicht fürchten. Trotzdem ist das Krabbeln unangenehm, überhaupt die Vorstellung von derlei Getier. Ameisen sollten sich am besten ganz von lebenden Organismen fernhalten. Sie haben auf jemandem, der noch atmet und warm ist, nichts verloren.

Wie aufs Stichwort fängt in seinem Kopf seine Schwester wieder an zu singen: »Sing man tau, sing man tau, von Herrn Pastor sien Kau, jau jau!«

»Du machst es nur schlimmer«, sagt er. Seine eigene Stimme zu hören, jagt ihm einen Schrecken ein. Aber es hilft, Ulla hält verdutzt den Mund.

Er wird nicht sterben, nicht hier und jetzt, aber er hat trotzdem das Gefühl, dass er gleich anfangen wird zu weinen. Was nützen einem eine rund laufende Karriere, eine Menge dankbarer, geheilter Patienten und ein Haufen guter Gene, wenn man nachts allein in irgendeinem Graben liegt und von Ameisen beklettert wird. Er versucht, die Zähne zusammenzubeißen, aber sie fühlen sich irgendwie wackelig an, und er traut sich nicht, sie allzu stark zu belasten. Er hat ganz anständige Zähne für sein Alter, nur zwei Kronen und ein Implantat, wo ein toter Zahn vor Kurzem hat entfernt werden müssen. Wahrscheinlich hat er in der letzten Zeit nachts mit den Zähnen geknirscht, es fühlt sich jedenfalls so an, als säßen sie nicht mehr ganz fest im Zahnfleisch. Er hat plötzlich Angst, sie könnten einfach herausfallen. Oder zerbrechen, wie ebenjener abgestorbene Zahn, der mit einem leisen Knirschen, so als ob man mit Kreide schreibt, einfach nachgab, als er einmal morgens in ein Rosinenbrötchen biss.

Er reißt seine Kiefer auseinander und liegt mit offenem Mund, vielleicht sind die Zähne beim Sturz beschädigt worden, vielleicht sind sie bereits nicht mehr im Knochen verankert, stecken nur noch lose im Zahnfleisch und warten auf ihre Gelegenheit. Natürlich ist das absurd, er weiß das. Trotzdem lässt er den Mund offen, die Zunge wird erst trocken, dann kalt, er fängt auch sonst ziemlich an zu frieren. Von dem Moment an, in dem er die Kälte bemerkt, bis zu dem Augenblick, in dem er zu schlottern beginnt, vergehen nur wenige Minuten. Es ist alles eine Frage der Einstellung. Er versucht, einfach mit dem Frieren aufzuhören, seinem Gehirn weiszumachen, dass es sich irrt und die Muskelkontraktionen getrost wieder stoppen kann, er versucht es mit Autosuggestion (was war es gleich, das er sich gestern Abend in der Badewanne vorgestellt hat?), aber es hilft nichts. Er liegt zitternd und vibrierend mit kalter Zunge auf dem Rücken wie ein Käfer und ist heilfroh, dass niemand ihn so sehen kann.

Nach einer ganzen Weile schließt er vorsichtig seinen Mund, klemmt die Zunge als Puffer zwischen die Zähne und bewegt sein rechtes Bein. Es tut weh, ist aber erträglich. Langsam winkelt er das Knie an und richtet dann seinen Oberkörper auf. Er ächzt, aber das ist ganz egal, er ist sowieso alleine hier, er darf sich ruhig benehmen wie ein alter invalider Mann. Natürlich wünschte er, dass Anke da wäre. Oder Günther. Aber Günther ist bei seiner neuen kleinen Freundin. Hermann Manfred sitzt in irgendeiner Kaschemme und säuft, Klaus liegt zu Hause im Bett und liest eine Pornozeitschrift, weil er nicht schlafen kann, nachdem er beim letzten Selbstmordversuch alle Baldriankapseln verbraucht hat, die Eltern schlafen den Schlaf der Gerechten, nebeneinander, aber mit zwei getrennten Matratzen, nachdem sie sich gegenseitig vor dem Einschlafen versichert haben, wie stolz sie auf ihren Ältesten sind und wie sehr ihnen die Wiederholung vom Weißen Rößl neulich im Fernsehen gefallen hat, Frau Dobernik ist da, wo auch immer sie wohnt, und wird nie mehr kommen, um das rosa Haus zu pflegen, wie nur sie es kann, Herr Kahl ist da, wo der Pfeffer wächst, und hätschelt seine Neurosen, und seine Schwester hat sich schon vor langer, langer Zeit aus dem Staub gemacht. Er bemüht sich, über die Tatsache, dass er sein Knie beugen kann, angemessen erfreut zu sein, aber eigentlich ist ihm eher danach, sich einfach auf den Rücken zu legen und laut zu rufen: »Kommt alle wieder zurück.«

Er zieht sich an den Steinen hoch, die um ihn herumliegen, seine Bewegungen sind tatterig. Dann klettert er mühsam, aber stetig immer weiter den Hang hinauf, den er hinuntergerollt ist. In seinem Bein pocht es, er friert, dass seine Zunge einiges auszuhalten hat, weil die Kiefer so aufeinanderschlagen, seine Finger werden an den Spitzen gefühllos. Er legt kleine Verschnaufpausen ein, in denen er es wieder rascheln hört, da lassen irgendwelche kleinen Viecher sich überhaupt nicht von seiner keuchenden, stöhnenden Anwesenheit stören. Die letzten Ameisen sehen zu, dass sie von ihm runterkommen, bevor er sie in die weite Welt hinausträgt, wo sie alleine vollkommen aufgeschmissen wären, weil ihr Gehirn nur im Kollektiv brauchbar ist. Er kratzt sich an Stöcken und Steinen und irgendwelchen dornigen Büschen die Haut auf, er greift in feuchte Erde und altes Laub und einmal in eine verrostete Dose. Er sieht nicht viel, aber es geht.

Am Ende findet er den Wanderweg wieder, der an dieser Stelle eine Kurve macht, die er offenbar einfach übersehen hat. Er setzt sich auf den Weg und hält sich das Knie und schaut hinauf zum Mond, der ganz klein und sehr weit weg sein bläuliches Licht aussendet. Und dann fängt er an zu schluchzen.

13

Sie waren schon viel zu lange gewandert. Der Weg verlief deutlich steiler, als sie angenommen hatten, eine Gaststätte, die sie für das Mittagessen anpeilten, war geschlossen (Ruhetag), es war schwül und stickig, und manchmal stolperte Matthias vor Müdigkeit über seine eigenen Füße. Er bemerkte, dass seine beiden Geschwister das gleiche Problem hatten. Keiner beklagte sich, die Phase der allgemeinen Unmutsäußerungen war längst vorbei. Nachdem seine Eltern sich lautstark über das ausgefallene Mittagessen geärgert hatten und Klaus eine Zeitlang gegreint und sich beschwert hatte, weil er getragen werden wollte, marschierten sie inzwischen alle verbissen und verkniffen sich jeden Kommentar, der ihren Vater hätte wütend machen können. In seiner Erinnerung gibt es da keine anderen Geräusche als das Scharren und Stapfen ihrer Schuhe, kein Vogelgezwitscher, kein Wispern des Windes in den Baumwipfeln.

Aber die Quelle konnte er hören, noch bevor er sie sah, es plätscherte, plapperte, gurgelte, während sie näher kamen. Als sie endlich davor standen, hatte Matthias bereits eine so trockene Kehle, dass er meinte, er werde nie wieder sprechen können.

Das Wasser floss über eine Rinne in einen Holzbottich, der an mehreren Stellen überlief, so dass der Boden rings herum matschig wurde. Von anderen Wanderungen wusste Matthias, wie schwierig es war, aus solch einer Konstruktion zu trinken. Es gab nicht genügend Platz zwischen Rinne und Bottich, um sein Gesicht nahe heranzubringen und einfach vom Wasserstrahl zu trinken, man musste stattdessen seine Hände darunter halten, das Wasser auffangen und daraus schlürfen; aber dort wollte es nicht bleiben, es rann durch die Finger, nässte zwar das Gesicht, aber nie landete mehr als ein winziger Schluck davon im Mund. Seine Mutter hatte ihnen verboten, direkt aus dem Bottich zu trinken, wegen der Hygiene.

Ihr Vater sagte ihnen, sie sollten warten, und das taten sie. Man merkte ihm die Freude über den Fund der Quelle an, er sah so stolz aus, als hätte er das Wasser selbst herbeigezaubert. Mit großer Geste nahm er seinen Filzhut vom Kopf und hielt ihn unter die Rinne.

Das Wasser lief hinein, viel Wasser, Matthias konnte sehen, dass es leicht sein würde, große Schlucke davon zu trinken, es sah kühl aus, klar, es gluckerte fröhlich in den Hut, sein Vater ließ immer mehr hineinlaufen, und da konnte er es beim besten Willen nicht mehr aushalten, seine Füße waren schneller als sein Kopf, und noch ehe er die Sache überhaupt annähernd durchdacht hatte, rannte er bereits los, rannte auf den Hut zu, er sah nichts anderes als diesen Hut voller Wasser, griff danach, hatte seinen Mund bereits geöffnet, hatte es fast geschafft – doch seine Schwester, die auf den Anblick ähnlich reagiert haben musste, kam im gleichen Moment an, und sie stießen beide mit den Köpfen zusammen. Es gab ein hässliches Geräusch. Ein Knallen und gleichzeitig eine Art Knirschen, vor Matthias' Augen tanzten Lichter.

Als seine Sicht sich geklärt hatte, schaute er sich um. Seine Mutter hatte eine Hand vor den Mund geschlagen und war stumm, sein Vater stand einfach da, den Hut voller Wasser in der Hand und war ebenfalls stumm, Klaus hatte die Augen weit offen, darin standen startbereit die Tränen, und Ulla befand sich keinen Meter von ihm selbst entfernt und blutete aus der Nase wie ein angestochenes Tier. Es lief ihr über Mund und Kinn, ihr ganzer Körper war verkrampft vor Schmerz.

Er hatte ihr die Nase gebrochen, mindestens. Matthias begriff das sofort. Er hatte etwas Unverzeihliches getan, er hatte seine eigene Schwester schwer verletzt, so schwer, dass sie blutete, so schwer, dass seine Eltern vor Schreck zu Salzsäulen erstarrt waren. Scham überspülte ihn wie eine Welle, er wäre allzu gerne jetzt sofort im Erdboden versunken. Wie hatte ihm das passieren können?

Klaus fing an zu weinen, hemmungslos und laut. Matthias merkte, wie sich auch in ihm ein Weinen ausbreitete, wie ihm die Tränen in die Augen schossen und die Laute – das Schluchzen, das Wimmern, das Greinen – schon seinen Mundraum füllten und kaum zurückzuhalten waren. Es kam ihm so vor, als würde Klaus ihn anstecken, als würde das Weinen von Klaus auf ihn überspringen wie die Pest, und er spürte, er war zu erschöpft, um wieder aufhören zu können, sobald er einmal angefangen hätte. Das durfte auf keinen Fall geschehen. Er stand stocksteif, sie alle standen stocksteif. Matthias brauchte all seine Energie, um nicht loszuheulen, und dabei musste er doch handeln, etwas tun, er war doch der große Bruder. Er musste die Sache in Ordnung bringen, irgendwie. Er verstand nicht, warum seine Eltern nichts taten, er sah das Blut auf den Boden tropfen, auf Ullas Schuhe, warum wussten seine Eltern nicht, was zu tun war, was war los mit ihnen?

Da bewegte sich Ulla. Sie sah sich um, blickte jeden einmal an und schien nach und nach zu begreifen, dass sie sich selber helfen musste. Dass diese erschöpfte, ratlose, versteinerte Familie nicht in der Lage war, etwas für sie zu tun. Sie ging die zwei Schritte, die sie von dem Filzhut trennten, und tauchte ihre blutende Nase mitten hinein.

In diesem Moment gelang es Matthias, das Weinen herunterzuschlucken. Seine Schwester zog ihr Gesicht aus dem Hut heraus und grinste, das Blut hatte sich verdünnt und überall verteilt, sie sah unbeschreiblich aus.

»So, wer will als Nächstes trinken?«, sagte sie.

Aber hier und jetzt ist niemand, der einen Witz machen könnte und ihm hilft, das Weinen einfach sein zu lassen. Niemand ist da, um ihn zu retten vor dem, was er am allermeisten fürchtet: Er hat angefangen zu weinen und kann nicht mehr aufhören. Und Frau Bovensiepen hatte Recht, es fühlt sich schrecklich an. Er sitzt auf dem Boden, merkt, wie der Rotz aus seiner Nase läuft, wie die Tränen sich ihren Weg über sein Gesicht bahnen (vermutlich immer an den Falten entlang), hört sich seltsame Geräusche produzieren und wartet auf die viel gerühmte Erleichterung. Aber die kommt nicht. Stattdessen fühlt er sich besiegt und geschlagen. Trotzdem kann er es nicht stoppen, sein Körper wird von Schluchzern durchgeschüttelt, es hört sich an wie Schluckauf und Rülpsen und wie wenn man zu schnell kalte Limonade trinkt, ein Kindergeräusch. So hat er sich das alles nicht vorgestellt. Er bebt, als hätte er Schüttelfrost, ihm ist kalt, gleichzeitig schwitzt er, dann klappern ihm erneut die Zähne. Und alles nur, weil er aus einem kleinen, steinigen Graben heraufgeklettert ist und den Wanderweg gefunden hat und den Mond wieder sieht. Er will sich so gerne zusammenreißen.

Mit dem Ärmel wischt er sich über das Gesicht und verschmiert Rotz, Tränen und Dreck. Das Schlimmste ist, dass er sich das alles ganz alleine eingebrockt hat. Er hätte nicht hier herauswandern müssen, ohne jemandem Bescheid zu sagen, ohne aufgeladenes Telefon und dicke Jacke, er hätte in seinem Hotelzimmer bleiben können und fernsehen, bis ihm die Augen zufallen. Dieser Wochenmarkt ist schuld, der hat alles durcheinandergebracht, hat ihn in der Zeit zurückgeworfen, ihn unruhig gemacht und in Verwirrung gestürzt. Der Markt hat seine Schwester heraufbeschworen, deren Stimme ihn seitdem verfolgt und die ihm Bilder aus der Vergangenheit aufzwingt. Und dorthin ist er nur geraten, weil Günther nicht mit nach Meran gekommen ist, mit ihm zusammen wäre alles ganz normal verlaufen. Er hätte sich nicht von Katrin Donaubaur aufgabeln lassen, die ihn mit nach Hause genommen hat wie eine Trophäe, um ihrem Mann eins auszuwischen oder womöglich ihrem Vater. Und natürlich dieser Junge, der flennend auf ihn zugerannt ist und an seinen Helferinstinkt appelliert hat, der hat alles in Gang gebracht. Warum hat er nicht wie alle anderen einfach weitergehen können? Warum hat er eine halbe Ewigkeit neben einem vollkommen fremden Kind auf einer Bank gesessen und darauf gewartet, dass sein Vormittag in die Binsen geht, anstatt das Kind einfach dort alleinzulassen mit der freundlichen Anweisung, sich ja nicht vom Fleck zu bewegen? Nur weil er Mitglied ist im Club der Gutmenschen und sich für etwas Besonderes hält mit seinem Helfersyndrom und seiner beschissenen Vorstellung, man könnte die Welt besser machen, wenn man sich um sie kümmert. Und dann ist dieser Trottel namens Matthias Harms losgestiefelt und hat das Weite gesucht, als wüsste er nicht genau, wo so etwas endet: im Graben, mit zerschundenen Knien, in der kompletten Lächerlichkeit. Er spürt ein Heulen in der Kehle, es steigt in ihm hoch, für einen Moment fühlt es sich so an, als müsste er sich übergeben, aber als er den Mund öffnet, kommt nur das Heulen heraus, ein lang gezogener, klagender, fürchterlicher Ton, den er zwischen die Berge schickt und zum Mond hinauf, der den ganzen Talkessel um Meran füllt, er heult wie ein Wolf.

Dritter Teil
Der Weg zurück

1

Sie sah sehr hübsch aus, mit geröteten Wangen und einem Glänzen im Gesicht, das vom leichten Schwitzen beim Radfahren kam. »Hallo, Psychologe«, sagte sie und winkte im Vorbeifahren.

»Hallo, Anke«, sagte er.

Sie drehte sich um, fuhr eine Schleife und kam wieder zu ihm zurück. »Denkst du nicht auch, dass die Bindungstheorie ein ziemlicher Schwachsinn ist?«

So kriegte sie ihn. Keine Beileidsbekundungen (obwohl sich herausstellte, dass sie von dem Unfall gehört hatte), kein Geflirte, kein Smalltalk. Sie redete mit ihm über die Dinge, die ihn wirklich interessierten.

Sie hatte lange Haare, die sie offen trug oder als Zopf und manchmal mit zwei Haarspangen in Form von Schmetterlingen darin. Sie kleidete sich mädchenhaft. Es waren die frühen achtziger Jahre, die Stoffe waren bunt und gemustert, die Frauen hatten weite, lange Röcke und sahen umwerfend aus, weiblich, aber schmal und drahtig, Anke wirkte immer ein wenig so, als hätte sie unter ihrer Bauernstickereibluse einen Revolver versteckt und könnte jederzeit ein paar Typen mit schwarzen Hüten abknallen, ohne dabei das Gespräch zu unterbrechen.

Er verliebte sich nicht Hals über Kopf, sondern vorsichtig und wohldosiert, jedes Mal ein bisschen mehr. Es war keine Liebe, die einen den Verstand kostete, aber es war ein warmes, zufriedenes und geerdetes Gefühl, das er nach und nach für Anke entwickelte. Als er mit seiner Ausbildung fertig war, heirateten sie.

Den Antrag machte er ihr auf einer Nordseeinsel, im Sommer; sie waren während der Saison dorthingefahren, obwohl es teuer war, aber es war der Urlaub nach seinem Abschluss, sie hatten ihn sich verdient und wohnten in einem schäbigen Ferienzimmer, in dem sie sich so wenig wie möglich aufhielten. Anke war braungebrannt, ihre Haare waren ausgeblichen und strohig vom Salz und von der Sonne.

Sie waren gewandert an diesem Tag, quer über die Insel, irgendwann waren sie erschöpft und glücklich ins Gras gefallen, direkt am Wegrand, und er hatte genau gewusst, dass dies der richtige Moment war.

»Hör mal«, sagte er, »jetzt, wo ich mit der Ausbildung fertig bin, denke ich, es könnte an der Zeit sein, dass wir unsere Haushalte zusammenlegen. Richtig, meine ich. Nicht nur pro forma.«

Anke bewegte sich nicht, schaute einfach nur in die Wolken und sagte: »Früher oder später musste das ja kommen. Und ich nehme an, es gibt schlechtere Zeitpunkte.«

»Was heißt das?«

»Das heißt: Ja.«

Und dann fing sie furchtbar an zu lachen, es brach einfach aus ihr heraus, und sie wand sich und presste sich die Hände gegen den Bauch und die Brust, er lachte ein bisschen mit, obwohl er es gar nicht wollte, ihm war überhaupt nicht nach Lachen zumute, er fühlte sich erleichtert. Er richtete sich auf, beugte sich zu ihr hinüber und hielt sie fest, um sie angemessen küssen zu können. Es klappte, er traf ihren Mund, sie küssten sich, es ging immer besser, schließlich musste er sogar seine Brille abnehmen. Er trug zu der Zeit eine Brille, die er später nicht mehr brauchte; schon während der Diplomprüfungen hatte er irgendwie seine Augen überanstrengt und sah nicht mehr scharf. Bald merkten sie, dass sie dort nicht bleiben konnten, so mitten im Gras genau am Wegrand. Sie rappelten sich hoch und rannten fröhlich zu ihrem Ferienzimmerchen zurück, um das zu tun, was man von Frischverlobten erwartet.

Am frühen Abend saßen sie in ihrem Zimmer am offenen Fenster und tranken Weißwein, den er heimlich vom Festland für diese Gelegenheit mitgebracht hatte. Anke sprach über die neue Wohnung, die sie ja nun brauchen würden, weil seine Bude zu klein war und ihre sowieso. Er hörte ihr mit halbem Ohr zu, er brauchte die Details nicht zu verstehen, weil alles, was sie sagte, richtig war, weil es ihre schöne, absolut zufriedenstellende gemeinsame Zukunft betraf und weil Anke sich auskannte mit dem Einrichten von Wohnungen, jedenfalls besser als er.

Er hatte seit Monaten nicht mehr an Ulla gedacht. Er wusste das, weil er sich genau beobachtet und geprüft hatte. In den Momenten, in denen er vorher an sie gedacht hatte, hatte er nun meistens Anke im Kopf. Diese

Ehe sollte ein ganzes Leben halten, das hatte er sich fest vorgenommen, und er hatte nicht vor, Hypotheken mit hineinzubringen, wie zum Beispiel tote Schwestern, die einem ständig in alles reinredeten. Es war ein hervorragender Moment für einen Anfang, für die Eröffnung des neuen Kapitels Anke-und-Matthias.

»Am schönsten fände ich ja Winterhude. Oder ist das schon spießig?«

»Keine Ahnung«, sagte er. Der Wein versetzte ihn in einen angenehmen Schwebezustand.

»Andererseits kann uns das jetzt auch egal sein, denn wir werden demnächst selber spießig.« Sie fing wieder an zu lachen. »Ich hab ja gewusst, dass es irgendwann so kommt. Aber es fühlt sich trotzdem komisch an. Soll ich dir was verraten? Ich kann sogar schon meine Unterschrift: Anke Harms. Unterschreibt man beim Standesamt dann eigentlich mit dem neuen oder mit dem alten Namen?«

Sie war anscheinend ziemlich betrunken. Wann hatte sie angefangen, solchen Quatsch zu reden?

»Das ist mir doch ganz egal«, sagte er. »Hauptsache, du unterschreibst überhaupt.«

»Klar mach ich das«, sagte Anke. »Klar mach ich das«, rief sie aus dem offenen Fenster. »Klar unterschreib ich.« Dann produzierte sie einen Urschrei, der über die ganze Insel hallte, hinaus in die Dämmerung, sie stand auf und lehnte sich aus dem Fenster, um auch den Leuten auf den Halligen eine Chance zu geben, ihr Gebrüll zu hören.

Matthias blieb sitzen, aber er stimmte in ihr Geschrei

mit ein; sie hörten erst auf, als es klopfte. Anke öffnete die Zimmertür mit einem übertriebenen Schwung, draußen stand die Vermieterin.

»Ich bin verlobt«, grölte Anke und streckte die Arme über den Kopf wie der Sieger eines Wettkampfs.

Dies ist eine Erinnerung, die er bewusst hervorholt. Er kann sie jetzt gebrauchen, es ist die beste, die er hat.

2

Dass das Ganze ein Tiefpunkt ist, ist ihm durchaus bewusst. Nicht unten im Graben oder in der Schlucht, oder was auch immer es gewesen ist, liegt die eigentliche Talsohle dieses Tages, sondern genau hier, am Wegrand, nachdem er es geschafft hat, den Hang wieder hinaufzuklettern und nicht von wilden Tieren aufgefressen zu werden. Matthias ist schließlich nicht blöd. Er erkennt eine Krise, wenn er einer begegnet.

Nun gibt es zwei Möglichkeiten. Entweder ist ihm so fürchterlich zumute, weil es Nacht ist, weil er alleine ist, vollkommen übermüdet und ausgehungert, dazu erschöpft von einer unangemessenen körperlichen Anstrengung, noch verwirrt von einem Schwächeanfall, den er am Mittag erlitten hat, und natürlich stark angegriffen von der Erfahrung, dem Tod (durch Verbluten, Verdursten, Wildschweinfraß oder Schädelbruch) so nahe gekommen zu sein. Oder es geht um Übergeordnetes, darum, dass er den Verlust seiner kleinen Schwester noch nicht richtig verwunden hat (immer noch nicht), dass er tatsächlich glaubt, seine Kinderlosigkeit sei kein Thema, darum, dass er Stillstand und ängstliches Verharren mit Zufriedenheit verwechselt, dass es höchste Zeit ist, sich kritisch mit seinem Beruf auseinanderzusetzen und seine Einstellung dazu zu überdenken, darum, dass er das Älterwerden akzeptieren muss, dass er sich körperlich komplett übernommen hat, dass ihn unvorhergesehene Ereignisse und Begegnungen aus der Bahn werfen können und dass er wie ein Wilder vor allem davongerannt ist, statt sitzen zu bleiben und den ganzen Erkenntnissen mit etwas mehr Rückendeckung entgegenzusehen.

Er entscheidet sich für die erste Möglichkeit.

Gegen die Tatsache, dass es Nacht ist, kann er nicht viel tun. Gegen den Hunger schon. Er hat einen Apfel in der Tasche. Gegen die Einsamkeit hilft auf jeden Fall, sich in Gesellschaft zu begeben, also aufstehen, weitergehen – in die entgegengesetzte Richtung, da kann man wenigstens sicher sein, dass dort Menschen zu finden sind –, bis er wieder in Meran ist, nachgucken, ob Hermann Manfred noch wach ist, und sich gemeinsam mit ihm die Hucke vollsaufen, bis man wie tot ins Bett fällt und Erholung im traumlosen Schlaf findet. Matthias rappelt sich auf.

Die Beine fühlen sich wackelig an, der Hosenboden klebt feucht an seinem Hintern, er geht o-beinig, als wäre er sehr lange geritten. Aber er geht. Um ihn herum wird der Wald dichter, zwischendurch kann er den Weg kaum erkennen; er kann sich überhaupt nicht daran erinnern, hier schon einmal gewesen zu sein. Wahrscheinlich ist er wirklich im Gehen eingeschlafen, kein Wunder, dass er die Kurve verpasst hat. Den Apfel spart er sich noch auf, allein die Vorstellung, gleichzeitig zu gehen und zu essen, überfordert ihn im Moment. Aber sein Kopf ist vollkommen klar, klarer als vorher, jegliche Gehirnvernebelung ist verschwunden, und die Gedanken sind deutlich einzeln zu identifizieren; das Geheul hat offensichtlich seinen Kopf aufgeräumt.

Natürlich hält er die Bindungstheorie nicht für Schwachsinn, das tut Anke im Grunde auch nicht. Wie jede Theorie hat sie etwas Starres, das sie angreifbar macht, aber sie ist durchaus brauchbar und liefert gute Ansätze. Anke mag sie nur nicht, weil sie die symbiotische Beziehung von Mutter und Kind so betont, weil sie propagiert, dass es biologisch so vorgesehen ist, dass Baby und Mutter zusammenhängen müssen wie die Kletten, bevor ein selbstbewusstes, unabhängiges Individuum aus der ganzen Sache hervorgehen kann und die Mutter wieder nur sich selbst gehört. Anke meinte einmal, wenn diese Annahme wirklich zutreffe, sei es für sie in jedem Fall besser, keine Kinder zu bekommen, als sie garantiert zu verkorksen und ihnen jede Menge gut gedüngte Neurosenkeime mit auf den Weg zu geben, nur weil man gerne irgendwann arbeiten gehen will, und zwar bevor die Natur es vorgesehen hat. Matthias konnte das verstehen. All diese Entscheidungen, vor denen die Frauen stehen, all diese Kompromisse, die sie eingehen müssen, all diese Einschränkungen. Und ständig dieses Risiko. (Wer hat schon Lust auf Abtreibungen?)

Er hat erst vor wenigen Jahren erfahren, dass Anke nur sehr sporadisch verhütete. Er überließ es stets ihr, sie machten nicht viel Aufhebens davon. Von der Pille wurde ihr schlecht, Kondome mochte er nicht besonders, wer tut das schon, eine Zeitlang probierten sie es mit einer Gummikappe, die stark nach Latex roch und ihn irritierte, weil er sich einbildete, daran zu stoßen. Am Ende wusste Anke einfach immer irgendwie, ob es gerade ging oder nicht. Sie muss das wohl ausgerechnet haben.

Und dann sagte sie vor ein paar Jahren eines Tages, beim Abendessen, einfach zwischen zwei Bissen: »Es ist schon komisch. Ich bin eigentlich immer davon ausgegangen, dass ich gar keine Kinder bekommen kann. Und jetzt, wo sich rausgestellt hat, dass es wirklich stimmt, bin ich irgendwie enttäuscht.«

»Was heißt das?«, fragte er alarmiert. War sie beim Arzt gewesen? War sie krank? Hatte ihre Enttäuschung irgendeinen Einfluss auf ihre Beziehung?

»Das heißt, dass ich immer mit einem kleinen Unfall gerechnet habe, und jetzt ist es zu spät, du Dummkopf.«

Da verstand er. »Sind wir wirklich schon so alt?«

»Ja«, sagte Anke und lächelte ein bisschen hilflos. »So alt sind wir schon.«

Es ist die reine Ironie, dass er jetzt an der Marienfigur vorbeikommt, die ihn auf dem Hinweg angesprochen hat. Bevor sie etwas sagen kann, schnauzt er sie an: »Halt bloß die Klappe, du katholisches Miststück.«

Die Maria schweigt, er geht weiter und horcht, ob sie

ihm aus sicherer Entfernung etwas hinterherruft, aber dazu ist sie offensichtlich zu stolz. Miststück ist eigentlich kein Wort, das er je verwendet. Er bringt es mit amerikanischen Filmen in Verbindung, es muss die Übersetzung irgendeines gebräuchlichen englischen Schimpfwortes sein, in seinem Wortschatz hat es nichts verloren. Es ist ja auch sonst nicht seine Art, Leute zu beschimpfen (oder Schnitzfiguren), schon gar nicht Frauen. Oder Katholiken. Für ihn ist Religion zwar nie in Frage gekommen, er wundert sich auch über jeden, der an Gott glauben und in die Kirche gehen kann, aber selbstverständlich toleriert er die Ansichten anderer und sieht ein, dass man dem Glauben nicht mit Argumenten beikommen kann.

Er muss kurz stehen bleiben und sich ins Gesicht fassen, als ihm einfällt, wie schweigsam Anke am Abend seiner Abfahrt war. Wie konnte er nur so unsensibel sein? Wieso hat er es nicht geschafft, sich auch nur für einen Augenblick in sie hineinzuversetzen? Andererseits kann er sich sowieso nicht vorstellen, wie sie sich gefühlt haben muss, als sie hörte, dass der Mann, mit dem sie einst eine Affäre gehabt hat, in den sie womöglich verliebt war – Matthias hat sie nie danach gefragt, er wollte es nicht wissen –, Vater wird. Und wer hat eigentlich behauptet, dass es an ihr lag, das alles.

Seine Mutter hat ein einziges Mal nachgehakt, das muss wenige Jahre nach der Hochzeit gewesen sein.

»Wollt ihr nicht oder könnt ihr nicht?« Dabei hat sie Kaffee eingeschenkt oder Torte geschnitten oder an einer Kuchengabel herumpoliert, ohne ihn anzusehen.

»Also bitte«, hat Matthias gesagt, und das war das. Seine Eltern sprachen ihn nie mehr auf das Thema Enkelkinder an, es war ihnen anscheinend nicht so wichtig.

3

Er denkt an kaltes Bier, er denkt an Cola und Eistee, überhaupt an Eis, in Würfeln, in Gläsern, ganz egal, welche Flüssigkeit darübergegossen ist (und das, obwohl er immer noch friert). Wo sind denn die Quellen am Wegesrand, unter die man seinen Filzhut halten kann, damit die Kinder daraus trinken? Wo sind denn die berühmten Wasserfälle und Gebirgsbäche, die in der Schneeschmelze anschwellen und Erdrutsche verursachen? Muss es hier nicht wenigstens Rinnsale geben, Wasser, das von undurchlässigen Gesteinsschichten am Versickern gehindert wird und sich freundlich und genügsam seinen Weg durch die Vegetation sucht? Und wenn die Schneeschmelze auf sich warten lässt (oder schon vorbei ist), wenn die Rinnsale streiken und die Bachbetten ausgetrocknet sind, wo bleiben dann die Wassersprenger, die rhythmisch zischend die kleinen Apfelbäume im Tal versorgen? In dem Faltprospekt, der dem Tagungsprogramm beilag und den er während der Zugfahrt studiert hat, gab es Abbildungen von vereisten Apfelblüten. Daneben stand etwas davon, dass es hier gelegentlich nach Einsetzen der Blüte Nachtfröste gibt und dass die Obstbauern dann des Nachts herausfahren und ihre Plantagen mit Wasser besprühen müssen, damit um die Blüten eine solide Eisschicht entsteht und diese vor dem Erfrieren bewahrt. Ein romantisches Bild gab das ab, irgendwie japanisch. Jedenfalls scheinen die Bauern hier alle große Mengen an Wasservorräten zu besitzen, wenn man bedenkt, wie viele Bäume bei Frostalarm zu besprühen sind. Wo zum Teufel haben sie die versteckt?

Er holt seinen Apfel heraus. Eigentlich hat er ihn aufsparen wollen (wofür?), aber er hält das trockene Gefühl in seiner Kehle kaum noch aus, obwohl er zwischenzeitlich bereits dachte, es sei wieder vergangen. Ständig verändert sein Körper die Prioritäten. Mal scheint die Erschöpfung das Schlimmste zu sein, dann der Hunger, jetzt hat sich der Durst durchgesetzt. Nichts davon verschwindet komplett, aber alles tritt dauernd in den Hintergrund zugunsten eines neuen Bedürfnisses, das dringender erscheint als alles andere, nur um kurz darauf von etwas noch Dringenderem verdrängt zu werden.

Er beißt in den Apfel und saugt so viel Flüssigkeit wie möglich aus dem Stück, das er im Mund hat. Dann kaut er und lutscht und versucht, wie ein Entsafter zu arbeiten, denn in dem Moment, in dem seine Augen dem Gehirn die Existenz des Apfels gemeldet haben und sein Verstand die Schlussfolgerung gezogen hat, dass Essen geplant ist, hat sein Magen protestiert und damit gedroht, alles sofort wieder hinauszuschicken, was sich durch die Speiseröhre zu ihm hinunterwagt.

Also trinken ja, essen nein. Die zerkauten und ausgelutschten Reste spuckt er auf den Weg. Nachdem er einen halben Apfel auf diese Weise geschafft hat, geht er weiter. Er spürt, wie sein Körper und sein Gehirn auf den Apfelsaft reagieren. Was sich da gerade in ihm vollzieht, ist das Wunder der Biochemie.

Das ist es, was ihn seit Jahren beschäftigt. In den ersten Semestern des Studiums ist es ihm schwergefallen, diese neurologischen Zusammenhänge wirklich zu durchschauen, sich die Worte zu merken. Dopamin, Serotonin, Noradrenalin, das war nicht der Grund, weshalb er Psychologie studierte. Erst nach und nach fing er Feuer. Wenn schon ein kleines bisschen Apfel so stimmungsaufhellend wirken kann, dass der Weg, der noch vor einem liegt, plötzlich viel machbarer erscheint, dass man sich auf einmal gleich nicht mehr so uralt fühlt, so verdammt und dem Untergang geweiht, welche Macht besitzen dann chemische Vorgänge im Gehirn, diese fein ausbalancierten und über Jahrmillionen hinweg ausgeklügelten Prozesse. Er ist kein Freund von Medikamenten – zu viele Nebenwirkungen, zu grob geschnitzt und in punkto Wirkung das reinste Lotteriespiel. Was ihn wirklich interessiert, ist die Wiederherstellung eines natürlichen Gleichgewichts. Es muss im Gehirn etwas geben, das das Pendant ist zum Wohlfühlgewicht: bei jedem anders, irgendwo rund um eine Norm angesiedelt und am eindeutigsten daran zu erkennen, dass es eben der Zustand ist, der große und kleine Katastrophen optimal integrieren kann.

Bei Herrn Kahl war er so kurz davor, ihn zu erreichen. Aber wenn die Therapie von Zwangspatienten ein Stellungskrieg ist, dann ist die Schlacht um Herrn Kahls Heilung jetzt verloren. Es scheint eine bemerkenswert clevere Kriegslist zu sein, auf die Herr Kahl verfallen ist. Früher gab es Aufkleber, die genau das vorschlugen, um Kriege zu verhindern: Einfach wegbleiben. Herr Kahl wird von nun an einfach wegbleiben, und sein Gehirn mit ihm. Das Absurde dabei ist eben nur, dass er es allen Ernstes für das Richtige hält.

Wie spät mag es sein? Er schaut auf seine Armbanduhr, dreht sie ins Mondlicht, und natürlich steht sie noch, das hat er vergessen. Wenigstens darauf ist Verlass. Er steckt das, was vom Apfel noch übrig ist, in die Jackentasche, für später. Der Weg kommt ihm allmählich wieder bekannt vor. Das Tal liegt ganz im Dunkeln, alle Lichter sind ausgegangen, auch dort, wo seiner Ansicht nach Meran liegt, ist der diffuse Streulichtschein verschwunden. Der Mond hängt tief über den Bergen, die Sterne werden bereits blasser. Er fühlt sich satt und erfrischt. Günther hat ihm einmal von einer Klientin erzählt, die morgens eine Erdbeere aß und sich hinterher den ganzen Tag über vollkommen satt fühlte – eine Geschichte mit ungutem Ausgang im Übrigen, eine derjenigen, denen auch Günther nicht viel Witziges abgewinnen konnte. Er schätzt, dass es vier oder fünf Uhr morgens ist, obwohl er keine Ahnung hat, wie er zu diesem Schluss kommt, denn er ist seit ewigen Zeiten nicht mehr nachts draußen gewesen. Er kennt sich aus mit Schlaflosigkeit, aber er hat sich immer auf die Angaben seines Funkweckers verlassen, nicht auf die Intensität der Sterne oder den Senkungsgrad des Mondes.

Am kältesten ist es immer kurz vor Sonnenaufgang. Die Temperatur wird also vermutlich noch etwas weiter absinken, und dann wird der Mond fahler werden, hinter den Bergen wird sich ein Glimmen zeigen, alles wird rosa oder orange werden, und dann wird majestätisch hinter einem der östlichen Berge die Sonne aufsteigen, alles in Licht tauchen, sichtbar machen, aufwecken, ihre Strahlen ins Tal schicken mit einer Fanfare aus Lebendigkeit und Wärme.

Das Gehen jedenfalls hilft wenig. Komischerweise friert er besonders an den Oberschenkeln. Ein paar Mal bleibt er stehen und reibt sich die Schenkel mit den Handflächen (ebenfalls kalt). Er ist nicht empfindlich. Er mag Kälte, das hat er bisher jedenfalls angenommen. Aber wenn er in einen kalten See springt, wenn er sich den Oberkörper an einem Gebirgsbach wäscht und Anke ihm von Weitem zuruft, sie bekomme allein vom Zusehen eine Lungenentzündung, dann wird ihm immer warm, es prickelt auf der Haut, die Durchblutung kommt in Gang, nach einem kurzen Moment des Schocks, wie ein Stromschlag, das Bewusstsein für den Bruchteil einer Sekunde ausgelöscht, steigt Hitze in ihm auf, und er fängt an zu puckern wie ein Bollerofen, das Herz ein Gummiball, der Puls eine Trommel, der Kopf ein Heißluftballon (bloß kleiner). Jetzt dagegen friert er. Er ist durchdrungen von Kälte, und sein Organismus hat ihr wenig entgegenzusetzen. Mit Bewegung ist da nicht mehr viel zu machen, wie es aussieht, er muss sein Konzept ändern. Er wird eine schöne weiche Stelle zum Sitzen finden, sich niederlassen, die Jacke über die angewinkelten Knie ziehen, sich selbst fest umarmen oder warm reiben und auf den Sonnenaufgang warten, auf die Wärme, die über die Bergkuppen kriechen wird, auf die ersten hellen Strahlenarme, die ihn erreichen und berühren werden und alles in Wohlgefallen auflösen. Er wird versuchen, etwas mehr Apfel zu sich zu nehmen, um dem Körper Kalorien zuzuführen, gleichzeitig auf Sparflamme umstellen, die Bewegungen reduzieren, das Denken einstellen und zusehen, dass er alle verfügbare Energie in Wärme umwandeln kann. Er wird sich auf den Sonnenaufgang konzentrieren, auf die Aussicht auf Besserung, er wird sich jeden Gedanken an die Kälte oder an Gletschermumien untersagen, und dann kann er abwarten wie der Yogi auf dem Eis, bis ihn irgendwann durch schiere Willensanstrengung wieder Wärme durchströmt.

Nach wenigen Minuten hat er oberhalb des Wegs einen Absatz entdeckt, der mit Gras bewachsen und einigermaßen eben ist. Die Bäume halten diskret Abstand. Er klettert hinauf, das geht gerade noch, von dort hat man eine gute Aussicht. Er setzt sich so, dass er den Mond im Rücken hat, und starrt auf die Berge vor sich, starrt und wartet, dass dahinter ein Glimmen entsteht, das den Sonnenaufgang ankündigt.

4

Bei ihrem letzten Treffen, vor ewigen Zeiten, sprachen Ulla und er über Familienpläne. Ihr Freund, Christian, wollte heiraten und Kinder haben, sie wollte das auf keinen Fall. Sie rauchte, während sie ihm davon erzählte, qualmte seine Bude voll, redete lange ohne Unterbrechung, starrte vor sich hin und kratzte sich oft auf dem Schädel herum, mit der glimmenden Zigarette gefährlich nahe an ihrem Haar.

Matthias hatte bis dahin keine eigene Meinung zu diesem Thema. Er wollte zu Ende studieren, sich erst einmal klarwerden über seinen beruflichen Weg, und dann konnte man immer noch sehen, was kam. Eigentlich war er immer davon ausgegangen, dass jeder irgendwann Kinder in die Welt setzte, der Ruf der Natur sozusagen (später sah er die Sache anders).

Aber für Ulla gab es keine Zweifel. »Guck dir doch an, wie es unseren Eltern damit gegangen ist«, sagte sie. »Glaubst du, es hat sie glücklich gemacht? Die haben uns nur gekriegt, weil sie es nicht besser wussten und weil sie immer alles so gemacht haben, wie es eben üblich war.«

Es war später Abend. Ulla war ziemlich spontan gekommen, am Wochenende. Sie hatten telefoniert, sie hatte Meinungsverschiedenheiten zwischen ihr und Christian Donaubaur angedeutet und dann gesagt, sie komme vielleicht vorbei. Am nächsten Tag hatte sie vor der Tür gestanden, eine willkommene Abwechslung für Matthias in seinem eintönigen Diplomandenalltag. Sie waren den ganzen Nachmittag drinnen geblieben (wahrscheinlich hatte es auch geregnet). Ulla hatte Bier mitgebracht, vom Bahnhof, sie hatten zum Abendessen Knäckebrot gegessen, weil er natürlich nichts eingekauft hatte, die ganze Zeit über hatten sie geredet, und er hatte nur darauf gewartet, dass Ulla endlich so warmgelaufen war, dass sie auf ihre Beziehungsprobleme zu sprechen kam. Er war ganz gierig nach Beziehungsproblemen, schließlich hielt er ihren Freund für einen Idioten, und als das Stichwort Hochzeit fiel, überlief es ihn kalt.

Es war dunkel in seinem Zimmer, sie hatten nur die Nachttischlampe angemacht. Ulla fläzte sich neben ihm auf dem Bett, er saß, die Beine angezogen, den Rücken gegen die Wand, am Kopfende und sah ihr beim Reden und Rauchen zu. Als Aschenbecher hatte er einen Teller zwischen sie gestellt, ab und zu bemerkte er, dass Ascheflöckchen auf die Bettdecke schwebten, als Gesellschaft für die Knäckebrotkrümel, die dort schon lagen. Hätte er gewusst, dass es ihr letztes Gespräch sein würde, er hätte – ja was? Gar nichts hätte er. Und es ist ein Glück, dass er es nicht gewusst hat. Punkt.

»Ich denke, unsere Eltern hätten uns nie kriegen dürfen«, sagte sie. Wahrscheinlich war sie betrunken, er überlegte für einen Moment sogar, ob sie etwas genommen hatte. Sie sprach langsamer als gewöhnlich, und ihre Bewegungen waren seltsam unbestimmt. »Man hätte es der ganzen Generation einfach verbieten müssen, sich fortzupflanzen. Das hätte man damals gleich mitregeln können, nach fünfundvierzig.«

Er sagte nichts. Sicherlich wusste sie selbst, wie absurd das klang. Er meint, sich tatsächlich an ein Regengeräusch zu erinnern, ein Rauschen und Gluckern in den Fallrohren, vielleicht ein Trommeln auf dem Fenstersims, dazu das Knistern der verbrennenden Zigarette, das Rascheln der Bettwäsche, das Knarzen der Bettfedern. Wahrscheinlich stimmt das alles gar nicht, im Grunde erinnert er sich nur an die Atmosphäre, daran, wie ihm zumute gewesen ist an diesem Abend, wie fremd ihm seine eigene Schwester erschien, so erwachsen und so naiv zugleich, dass er das Gefühl hatte, er hätte irgendwo unterwegs die Verbindung zu ihr verloren, dass sich irgendwann in der Zeit, seit er nicht mehr zu Hause wohnte, ihre all die Jahre übereinstimmende Wahrnehmung der Welt einfach in Luft aufgelöst hatte. Gleichzeitig stand ihr das alles sehr gut, überhaupt das Alter, fünfundzwanzig, schien genau das richtige für sie zu sein, als wäre sie endlich ausgewachsen und fertig.

»So oder so, diese Leute hätten einfach keine Kinder kriegen sollen«, sagte sie.

»Fünfzehn Jahre zu spät für Achtundsechziger-Romantik, findest du nicht?«

»Die Achtundsechziger«, sagte sie und drückte ihre Zigarette mit einer langsamen, aber nachdrücklichen Drehung auf dem Teller aus, »die meinten doch alles nur politisch. Ich rede von allem anderen. Von der Erziehung, von der Fähigkeit, Kinder anständig großzuziehen, sie zu lieben und so weiter. Diese Leute sind alle systematisch verhärtet worden, die hätten nie einen Säugling in die Hand bekommen dürfen.«

Er war sich nicht sicher, ob er sie richtig verstand. »Man hat doch aber immer die Möglichkeit, es selber besser zu machen als die eigenen Eltern.«

»Kann man das?«, fragte sie. »Bist du sicher? Woher weißt du, dass du es kannst, dass du deine Kinder so lieben kannst, wie sie es verdienen, wenn du es selber nie erfahren hast? Oder würdest du behaupten, du hättest eine glückliche Kindheit gehabt?«

»Glücklich ist ein viel zu hoher Anspruch«, sagte er. »Ich glaube sowieso keinem, der sich oder seine Kindheit als glücklich bezeichnet. Ich weiß nicht, wieso man überhaupt so einen Maßstab ansetzt.«

Ulla steckte sich eine weitere Zigarette an. Die Luft war schon so dick genug, es wäre Zeit gewesen, ein Fenster aufzumachen. Aber zum Aufstehen waren sie beide zu träge. Seit wann war sie so düster? Von ihnen beiden war immer sie diejenige gewesen, die einen unerschütterlichen Optimismus an den Tag gelegt hatte, die alles halb so wild fand und so ziemlich jede Situation mindestens erträglich. Sie war doch diejenige, die sich nicht beklagte. Möglicherweise war die ganze verkorkste Sache mit Christian Donaubaur schuld. Wahrscheinlich würde sie sich bald endgültig von ihm trennen, dann eine Weile mit abstrusen, abgründigen Gedanken herumlaufen und alle damit belästigen: Unsere Eltern hätten uns nie bekommen dürfen; wer Pflanzen verbrennt, verbrennt auch Menschen; wer für die Todesstrafe ist, gehört erschossen; man darf nichts essen, was Augen hat. Und dann würde sie sich irgendwann zurückverwandeln in sie selbst, in die positive junge Frau voller

Tatendrang und Lebenshunger, seine zweite Hälfte (die bessere vermutlich), die ihn anstecken konnte mit guter Laune, wann immer er es nötig hatte, und die ihn retten konnte, immer wieder.

Sie hielt dann noch einen längeren Monolog über das Thema, über den Wiederholungszwang und darüber, dass man sie als kleines Baby hatte schreien lassen – ihre Mutter hatte irgendwann einmal gut gelaunt erzählt, bei ihr sei es am schlimmsten gewesen von den drei Kindern, sie habe beim Heulen und Brüllen die größte Ausdauer bewiesen –, dass man ihr systematisch jede Emotion ausgetrieben habe, die als negativ angesehen wurde, dass die Regeln und Bestrafungen in ihrer Kindheit keinem erkennbaren Schema gefolgt seien, stattdessen willkürlich und damit nicht nur unpädagogisch, sondern in höchstem Maße verwirrend gewesen seien, dass man ihr in jeden Entwicklungsschritt hineingepfuscht habe, vom Sauberwerden bis zur Pubertät, und dass sie sicher sei, selbst wenn ihre Eltern gewusst hätten, wie man es hätte machen müssen, sie hätten es gar nicht gekonnt, weil sie selber zu keiner echten Liebe fähig seien, alles an ihnen sei abgeflacht und relativiert, entweder durch eine unterschwellig alles durchdringende Nazierziehung oder durch ein paar unerhebliche, aber eindrückliche Kriegserfahrungen, die einen lehrten, wie man sich am besten anpasste. Lange Rede, kurzer Sinn, sie sei die Letzte, die unter diesen Umständen Kinder in die Welt setzen würde, da solle Christian Donaubaur sich keine Hoffnungen machen.

Er wartete darauf, dass sie auch noch von der atomaren Bedrohung anfing. (Er hielt das im Übrigen für das weit bessere Argument für einen Fortpflanzungsstreik.) Aber irgendwann brach Ulla einfach ab, zuckte mit den Schultern, trank einen Schluck Bier und sagte so munter, als habe das Gespräch sie geradezu erfrischt: »Diese Anke scheint sehr nett zu sein.«

Zehn oder zwölf Tage später war sie tot. So genau hat er das nicht mehr im Kopf. Und als seine Eltern ihn baten, in der Kirche ein paar Worte zu sagen, war seinem Gehirn wenig mehr abzuringen als frei schwebende monströse Sätze, die Ulla gesagt hatte.

5

Es ist hell. Er liegt steif auf dem Rücken, alles an ihm ist nass, seine Kleidung, seine Hände, sein Gesicht. Die Sonne steht über den Bergen, wird aber von tief hängenden Wolken verdeckt, so dass ihr Schein blass und diffus ist. Man kann direkt hineingucken, ohne die Augen zusammenkneifen zu müssen. Die Bergspitzen verschwinden im Nebel, an manchen Stellen stehen Wolkenstreifen auf halber Höhe. Trotzdem ist die Luft nicht kalt, sondern mild und seltsam weich. Das Gras um ihn herum ist ebenfalls nass, es muss Tau gegeben haben.

Sein erster Impuls ist, die Augen einfach wieder zu schließen, weiterzuschlafen und zu hoffen, dass er noch einmal aufwachen kann, und zwar woanders und unter anderen Umständen. Als er aufsteht, überkommt ihn Schwindel, er kann sich kaum auf den Beinen halten, sämtliche Muskeln sind verhärtet und protestieren gegen jede Bewegung, seine Jacke hat an den Nähten nicht dichtgehalten und die Feuchtigkeit an sein Hemd gelassen. Er öffnet den Reißverschluss, sucht ein trockenes Stück Stoff und wischt sich das Gesicht ab. Er denkt an ein heißes Bad, an Frühstück und an ein Hotelbett mit Schokolade auf dem Kissen und hofft, sich auf diese Weise zum Weitergehen zu motivieren. Aber von dem Gedanken an Essen wird ihm nur anders. Er dreht sich langsam Richtung Hang, nestelt an seiner Hose herum und entscheidet sich am Ende gegen das Pinkeln. Ihm fehlen die Nerven für feinmotorische Abläufe.

Nun gut, dann ist die Sonne eben schon aufgegangen. Dann hat er es eben verpasst. Wahrscheinlich ist es ohnehin alles ganz anders gewesen, als er es sich ausgemalt hat, vermutlich hat es gar kein Glimmen gegeben, keine Farbspiele auf den Felsvorsprüngen, keine Fanfare aus Wärme und Licht, sondern nur einen schwächlichen kleinen Sonnenball, der ohne große Vorankündigung hinter genau dem falschen Berg hervorgeploppt ist, als ihm gerade die Augen zufielen.

Aber immerhin, ein Sonnenaufgang hat stattgefunden. Und wie es sich für einen Sonnenaufgang nach einer durchwachten Nacht gehört, hat er neue Erkenntnisse gebracht und die lange vorbereitete Wandlung besiegelt. Er hat sich von seiner Wanderung unter anderem Klarheit erhofft, und der verpasste Sonnenaufgang (und die durchnässten Kleider) servieren ihm ein taufrisches Fazit: Er ist sich auf einmal ziemlich sicher, dass er Frau Bovensiepen und ihre Traurigkeit eigentlich lieber nicht wiedersehen will. Er spürt außerdem deutlich, dass der Verlust von Frau Dobernik mehr an ihm nagt, als es eigentlich schicklich ist. Er will überhaupt keine neue Putzfrau, schon gar keine mit anderen Uhrzeiten. Und er wünschte, er hätte mit Katrin Donaubaur geschlafen, einfach nur, um sich etwas zu beweisen, das mit seinem Alter, mit Günther und seiner Ehe zu tun hat. So viel zu Sonnenaufgängen.

Er setzt sich mühsam in Bewegung. Das Herunterklettern auf den Wanderweg fällt ihm nicht leicht, das Gehen selbst ist eine Zumutung, seine Füße brennen bereits bei den ersten Schritten, aus seinen Haaren laufen die Tropfen über sein Gesicht, er wankt und macht bei jeder Bewegung kleine Geräusche der Anstrengung, die Gelenke knacken, und als ihm die ersten Wanderer entgegenkommen, natürlich in Gore-Tex und mit vollem Bauch, schauen sie ihn auf eine Art an, dass er keinen Zweifel mehr daran hat, wie er aussieht. Immerhin grüßen sie ihn (»Grüß Gott«), und er krächzt zurück.

Es ist noch ein ganzes Stück zu gehen, bis er auf dem ebenen breiten Weg angekommen ist, der über den Dächern von Meran verläuft. Es dauert jedenfalls lange genug, um den Wolkenstreifen, die weiter unten gehangen haben, Zeit zu geben, sich zu verziehen, und den Bergspitzen, sich nach und nach freizuschaufeln, auch wenn das Sonnenlicht diesig bleibt. Die Kleider trocknen nicht, den Apfelsaft hat er nach einiger Zeit wieder ausgeschwitzt und er bekommt Kopfschmerzen, ihm ist kalt und heiß zugleich, er schlurft, weil es zu anstrengend ist, die Füße mit den bleischweren Schuhen höher zu heben.

Dass er die Bitte seiner Eltern, auf der Beerdigung »ein paar Worte« zu sagen, nicht einfach ausschlug, lag vor allem daran, dass er fand, sie hatten Recht. Wer, wenn nicht er, sollte es denn tun? Er war der große Bruder, er war der engste Vertraute (wenn man davon ausging, dass Christian Donaubaur sowieso kurz vor dem Aus gestanden hatte), er war derjenige, der studierte, und auch nicht irgendetwas, sondern Menschen-Verstehen im letzten Semester. Außerdem geschah es ihm recht. Er hatte mit Ulla gesprochen, er hatte von ihren Überlegungen gewusst, sich von ihrem Freund zu trennen, er hätte aufpassen, sie im Auge behalten müssen, damit sie keine Dummheit machte, Menschen, die Probleme mit der Liebe haben, geben selten gut auf sich acht. Aber was sollte er sagen. Er hatte sich noch nie im Leben einer Aufgabe so wenig gewachsen gefühlt. Er wollte die Trauergäste nicht zum Weinen bringen, das wäre das Letzte, was er sich wünschte. Er wollte auch seine Eltern nicht enttäuschen oder sich lächerlich machen (oder seine Schwester). Und eigentlich wollte er auch gar nicht über all das nachdenken. Schlimm genug, dass sie tot war und dass sie sich zum Sterben den Sommer ausgesucht hatte und seine Prüfungszeit. Er hatte genug um die Ohren.

Seine Rettung war ein kleines Buch, das es gratis beim Bestatter gab. Darin waren Sprüche, Gedichte und Zitate aus der Bibel, dazu Bilder von menschenleeren

Landschaften, von Steinen im Wasser, von Wolken und Regentropfen in Großaufnahme. Etwas für den Nachttisch, im Grunde unmöglich, kitschig, hässlich, unnütz, es wäre ein Verbrechen gewesen, dafür Geld zu nehmen (obwohl der Bestatter diese kleinen Trostbeigaben sicherlich in seinem Honorar berücksichtigte, unter der Rubrik »sonstige Leistungen«). Er hatte nicht viel Zeit. Seine Eltern hatten ihn vor zwei Tagen gefragt, ob er etwas sagen wolle, aber er war seitdem überhaupt nicht zum Nachdenken gekommen, und die Beerdigung fand nun schon morgen statt. Er blätterte das Büchlein durch, dabei erschien ihm jeder Spruch gleich dämlich. Schließlich nahm er den von der ersten Seite und hoffte, dass seine Eltern nicht auch so ein Buch eingesteckt und darin gelesen hatten oder dass der Bestatter diese Dinger womöglich jedem Gast als Geschenk auf die Kirchenbänke legte. Es war ein Gedicht von Rilke, das erschien ihm besser als die Bibel, aus der würden sie vom Pastor genug zu hören kriegen, und Rilke war – soviel er wusste – von allen akzeptiert, niemand, der ihn nicht mochte, keine zweifelhafte Vergangenheit, unpolitisch, pathetisch, aber trotzdem intellektuell. Er machte sich ein paar Notizen, nahm das Gedicht als Aufhänger und bezog sich auf die einzelnen Worte. Das Ganze hielt er schön kurz – voilà.

Nach vorne zu gehen war leicht. Der Trauergottesdienst war an ihm vorbeigerauscht, ohne dass er viel aufgenommen hätte. Die Gäste, die hinter ihm saßen, seine Eltern, sein Bruder, seine uralten Großeltern und er in der ersten Reihe, eine Pastorin mit tiefer Stimme, der Sarg, die Orgel, das Licht in den bunten Fenstern, alles genau so, wie man es sich vorstellte. Dann war er dran, die Pastorin kündigte ihn an wie die Lehrerin in der Schule (Matthias hält jetzt ein Referat), und er brachte es hinter sich, fühlte sich eigentlich sogar ganz gut dabei, schon immer konnte er vor größeren Gruppen sprechen, das hatte ihm nie viel ausgemacht.

Den genauen Wortlaut des Gedichts weiß er nicht mehr. Es war kurz, es ging um den Tod, es traf den richtigen Nerv. Er erinnert sich, dass die erste Zeile voller Os war, so dass er sich beim Sprechen vorkam wie der Hund in dem Sketch von Loriot (»Herr Otto Mohl fühlt sich unwohl am Pol ohne Atomstrom«). Später, als er die anderen zum Essen wiedertraf, bekam er eine ganze Menge tränenreicher Komplimente, zwei Verwandte riefen ihn nach Tagen unabhängig voneinander in Hamburg an, um ihm zu sagen, wie sehr sie seine Worte bewegt hätten, wie souverän er sie vorgetragen hätte, wie viel Trost (tatsächlich: Trost) sie heute noch daraus bezögen. Er hatte das kleine Buch schon längst weggeworfen.

Er stand vorne, sagte, was er zu sagen hatte, meinte kein einziges Wort davon und fühlte sich in dem Moment, in dem er geendet hatte und die Orgel auf ein Zeichen der Pastorin hin zur musikalischen Überleitung ansetzte, als müsste er sich übergeben, und zwar genau auf den Sarg, und als müsste die Trauergemeinde aufstehen und ihn ausbuhen, weil er so verlogen war und so danebenlag und seine Rolle so stümperhaft spielte. Aber er ging einfach zu seinem Platz zurück, setzte sich, und Klaus legte ihm die Hand auf den Oberarm. Da wurde es ihm zuviel. Er ging hinaus. Einfach den Mittelgang hinunter, während die Orgel ihr Zwischenspiel beendete, er schlurfte, weil er seine Füße nicht recht heben konnte, seine Schultern waren verspannt, und seine Augen fühlten sich an, als würden sie jeden Moment wie kleine Gummibälle auf den Boden fallen und dort herumhüpfen. Als er die schwere Kirchentür aufdrückte, blendete ihn das Sonnenlicht, und es kam ihm eine Sommerhitze entgegen, dass er unwillkürlich die Hände vors Gesicht schlug.

Besonders dieser Abgang durch die Mitte war es im Übrigen, der seinem Auftritt solchen Erfolg verschaffte. Alle waren fürchterlich berührt. Und er wanderte, sobald er draußen war, einfach los, marschierte immer weiter, blieb in Bewegung, bis die Übelkeit und die Gliederschwere verschwanden, bis die Sonne und die Wärme seinen Kopf leicht machten und er wieder an seine nächste Prüfung denken konnte. Er war pünktlich zum Kaffee in der Gaststätte.

Das Grab seiner Schwester hat er nie gesehen. Er war nicht dabei, als sie den Sarg hinabließen, als sie Erde oder Blumen warfen und seinen Eltern das Beileid aussprachen. Er sah nicht die ausgehobene Grube und später nicht den frischen Hügel. Er weiß nicht, wie ihr Grabstein nach all den Jahren aussieht – er hat seinen Eltern allerdings bei der Auswahl geholfen und weiß auch, für welche Inschrift sie sich entschieden haben. Er hat keine Ahnung, wer das Grab pflegt, nur, dass es noch da ist. Seine Eltern, so nimmt er an, zahlen dafür und haben jemanden zum Blumengießen angestellt. Anke hat ein paar Mal vorgeschlagen, auf den Friedhof zu fahren, sie dachte, er würde es gerne und wolle nur aus Rücksicht auf sie nicht dorthin, um ihr nicht die Laune zu verderben, aber irgendwann hat sie begriffen, dass es ihm nicht wichtig ist. Orte sind nicht wichtig, genauso wenig wie Sessel. Gräber sagen gar nichts. Was hätte er dort verloren?

6

Sobald er den Flanierweg oberhalb von Meran wieder erreicht, wo um diese Zeit viel weniger Menschen unterwegs sind als gestern Nachmittag – lediglich ein paar Jogger und Hundehalter und beinharte Wandersleute, die zum Mittagessen schon zwei Täler weiter sein wollen, kommen ihm aus der Stadt entgegen –, bleibt er an einer Stelle mit Aussicht stehen und betrachtet die Häuser von oben. Es ist ausgesprochen leicht, sich zu orientieren, er braucht wirklich nicht lange, bis er den Bahnhof identifiziert hat und das Hotel, bis er herausgefunden hat, welche Straße die mit den Gewölben ist, wo die Promenade verläuft und auf welcher Höhe sich der Laden mit dem Ötzi-Foto im Schaufenster befindet. Er braucht länger, bis er sich entscheiden kann, wo ungefähr Katrin Donaubaur mit Gerrit und ihrem Phantom-Ehemann wohnt. Die Straße ist zu weit weg, er kann aus diesem Winkel keine einzelnen

Häuser erkennen, aber säße er in dem Hubschrauber, der gerade einen Bogen über allem fliegt, um dann auf dem Dach eines Gebäudekomplexes zu landen, das er für ein Krankenhaus hält, er hätte wahrscheinlich keine großen Probleme, ihr Haus und die Fenster ihrer Wohnung wiederzufinden. Vielleicht sitzen sie dort jetzt beim Frühstück, Cornflakes mit Milch für den Kleinen, Kaffee mit Zucker für sie, vielleicht ist ihr Mann tatsächlich da, immerhin ist Wochenende. Vielleicht füttert sie gerade die unsichtbare Katze, während ihr Sohn im Flur leise seine Schuhe anzieht, um in wenigen Minuten unbemerkt durch die Haustür zu verschwinden und in dieser übersichtlichen Stadt einmal mehr verlorenzugehen und gerettet zu werden, aus lauter Heimweh oder Langeweile oder kindlicher Gedankenlosigkeit oder Verwirrung und Trauer über den Verlust seiner gewohnten Umgebung, vielleicht wird es ihm eines Tages gelingen, sich bis zum Bahnhof durchzuschlagen und ein, zwei Stationen das Tal hinunterzufahren, bevor die Polizei ihn aufgreift, vielleicht ist er vor allem anderen ein zäher kleiner Romantiker, der sich ständig erneut auf den Weg nach Hause macht. Das Enkelkind von Christian Donaubaur (und nicht das von Ulla).

Einmal hat Christian Donaubaur ihn zum Kaffee eingeladen. Sie trafen sich zufällig, Christian hatte in Hamburg zu tun, Matthias weiß nicht mehr genau, was; ein Praktikum, ein kleiner Job, vielleicht hatte er auch eine neue Freundin dort, jedenfalls liefen sie sich über den Weg, weil sie zur gleichen Zeit an der gleichen U-Bahn-Station ausstiegen (insgesamt dreimal, bis

Matthias anfing, deswegen eine spätere Bahn zu nehmen). Er bemerkte Christian aus dem Augenwinkel, war sich nicht sicher und ging einfach geradeaus weiter. Christian rief Sekunden später seinen Namen, holte ihn ein und nötigte ihn in ein nahe gelegenes Café. Sie hatten sich seit der Beerdigung nicht mehr gesehen, und Christian Donaubaur schien hocherfreut zu sein, ihn getroffen zu haben.

Im Café war es sehr warm, fast stickig, es war Winter und wurde früh dunkel; wenn man morgens zur Arbeit musste und nachmittags wieder nach Hause kam, hatte man das gesamte Licht, das der Tag aufzubieten hatte, schon verpasst. Es war auch laut im Café, Musik dudelte, viele Menschen redeten durcheinander, die Fenster hatten Ränder aus Kondenswasser. Matthias wollte vor allen Dingen nach Hause, er steckte mitten in der Therapeutenausbildung und musste an diesem Abend noch einige Auswertungen machen, einen Bericht schreiben, ein paar Kapitel lesen. Aber er wollte nicht unhöflich sein. Er bestellte eine heiße Schokolade, weil er fürchtete, zu viel Kaffee würde ihm den Schlaf rauben und seine Verdauung durcheinanderbringen. Christian bestellte Cappuccino.

Er war ein ziemlicher Brocken, dieser Christian Donaubaur, breitschultrig und kompakt, etwas weich um die Mitte, dazu ein kleiner Kopf, man vermutete nicht gerade das größte Gehirn darin, alles in allem jemand, der gut als Türsteher oder Chiropraktiker in Frage kam (tatsächlich wollte er Journalist werden, sattelte aber verspätet um auf Zahnmedizin). Ulla hatte immer zart gewirkt neben ihm, obwohl sie selbst gar nicht schmal gebaut war.

»Also, dann erzähl mal«, sagte Christian Donaubaur. »Wie läuft's?«

Als hätte Matthias ihn in dieses Café geschleppt, als wäre er derjenige, der unbedingt reden wollte.

»Gut läuft's. Viel zu tun. Ich kann auch nicht lange bleiben«, sagte Matthias. »Und bei dir?« Nicht, dass er scharf darauf war, Details zu hören.

»Auch gut«, sagte Christian. »Alles gut von meiner Seite her.«

Matthias nickte. Sie mussten laut reden, für Smalltalk war dieses Café zu anstrengend.

»Wir haben uns ja eine Ewigkeit nicht mehr gesehen«, sagte Christian. »Zuletzt auf der Beerdigung, oder?«

Und da waren sie schon beim Thema. Matthias wäre am liebsten auf der Stelle nach Hause gegangen. Dieser Schrankmensch war der Letzte, mit dem er über seine Schwester reden wollte. Er nickte wieder.

»Viel Zeit vergangen seitdem. Nicht genug. Ich habe darüber nachgedacht, mich zu verloben, aber ich fürchte, ich bin über die Sache noch nicht so ganz hinweg, ich hab das alles noch nicht verdaut.«

Also darum ging es. Matthias versuchte, das Ganze als Übung zu betrachten. Leute wie Christian Donaubaur waren seine zukünftigen Patienten. Genau diese Situationen waren es, die ihm die Leute ins Haus treiben würden.

»Verloben klingt so altmodisch«, sagte er.

»Man macht einen Antrag, und dann ist man verlobt

bis zur Hochzeit, so läuft das heute immer noch. Ob man es so sagt, weiß ich auch nicht«, sagte Christian. »Jedenfalls fällt es mir schwer, mich neu zu binden. Eigentlich hatte ich mal gedacht, ich würde deine Schwester heiraten.«

Die heiße Schokolade war ein bisschen abgekühlt, so dass man größere Schlucke nehmen konnte, sie wärmte die Speiseröhre und den Magen, der Kakao darin verbesserte Matthias' Stimmung. »Sie hätte dich sowieso nicht geheiratet.«

»Ich weiß«, sagte Christian. »Irgendwann vielleicht doch.«

»Sie hätte sich nicht weichklopfen lassen«, sagte Matthias. Am Nebentisch lachte jemand laut und ordinär. Es roch nach Zigarillo.

»Sie war ziemlich verbohrt«, sagte Christian. Er lächelte dabei so nachsichtig und versonnen, dass Matthias seine Tasse zu grob auf die Untertasse zurückstellte, es klirrte, aber nichts ging zu Bruch. Er hätte dieses Wort nie benutzt, niemals. Ulla konnte dickköpfig sein, stur und zäh, sie hatte Prinzipien und war, wenn es darum ging, mutig und geradlinig. Aber ganz sicher nicht verbohrt.

»Na ja«, sagte er. Erst einmal zuhören und sich ein Bild davon machen, wo der Patient Probleme hat.

»Sie hat mit dir darüber geredet?«, fragte Christian Donaubaur. »Natürlich hat sie das. Sie hat dir immer alles erzählt. Diese verfluchte Verweigerungshaltung. Wir haben doch alle eine mehr oder weniger beschissene Kindheit gehabt, aber die Zeiten haben sich geändert. Und es ist doch keine Lösung, einfach von allem die Finger zu lassen. Sie hat immer davon gesprochen, dass wir Modelle finden müssen, die zu uns passen, anstatt einfach die Konventionen zu übernehmen, aber ich sehe nicht, was an der Ehe falsch sein soll. Ich wüsste jedenfalls nicht, welches Modell besser zu mir passen würde, ich wollte mit ihr zusammenbleiben, bis zum Schluss, das war das Modell, das mir vorschwebte. Und ihr auch, das weiß ich. Und eine Ehe ohne Kinder ist sinnlos, da zieht man doch ein Vakuum hinter sich her. Das ist, als würde man auf einer Stufe stehen bleiben, bevor die Treppe zu Ende ist. Man reizt einfach die Möglichkeiten nicht aus, und ich möchte nicht später auf mein Leben zurückblicken und denken müssen, ich hätte es nicht wenigstens versucht. Auszureizen, meine ich. Ich habe nicht vor, meine Zeit damit zu vertun, dass ich schmolle und sauer auf meine Eltern bin, statt einen ernsthaften Versuch zu starten, es irgendwie besser zu machen. Sie war vollkommen starr in ihrer Haltung. Egozentrisch und selbstmitleidig. Ich war so wütend auf sie. Wir haben uns an dem Abend gestritten, und dann wollte sie partout alleine nach Hause gehen. Ich wollte sie schnell mal eben rumfahren, aber sie hat mich einfach stehen lassen und ist gegangen. Du kannst dir nicht vorstellen, was für Vorwürfe ich mir seitdem mache. Man darf jemanden nicht alleine nach Hause gehen lassen, wenn er so aufgebracht ist, wie sie es war. Wir hätten uns überhaupt nie so streiten dürfen. Aber sie war wirklich kindisch in diesen Dingen. Tut mir leid.«

Er trank seinen Cappuccino aus. Matthias starrte ihn an (sehr unprofessionell).

»Meinst du das wirklich?«, fragte er schließlich.

»Was?«

»Dass eine Ehe ohne Nachwuchs sinnlos ist? Für mich klingt das nämlich nicht weniger kindisch.«

»Stell dir vor, du bist verheiratet«, sagte Christian Donaubaur, »und deine Frau beschließt eines Tages, bei Rot über eine Ampel zu gehen. Was bleibt dann übrig?«

Matthias fand das alles viel zu anstrengend. Dieser Lärm, der Rauch und die Heizungsluft. Er merkte, wie es in seinem Bauch rumorte. Wenn er sich beeilte, konnte er in ein paar Minuten bei sich zu Hause sein und aufs Klo gehen. Wenn er Glück hatte, konnte er kacken und sich hinterher endlich besser fühlen. Er aß jeden Morgen Leinsamen.

»Tut mir leid, dass ich so viel rede«, sagte Christian Donaubaur. »Aber das bist du ja wahrscheinlich gewöhnt. Wie weit bist du mit der Ausbildung?«

»Woher weißt du von meiner Ausbildung?«

»Von Klaus.«

Christian Donaubaur redete mit Klaus? Warum? Seit wann? Und worüber? Darüber, dass Ulla egozentrisch und kindisch gewesen war?

»Dem geht es nicht besonders«, sagte Christian. »Andererseits geht es uns allen nicht besonders, oder? Du bist übrigens eingeladen.«

Matthias wollte protestieren, aber ihm fiel gerade nicht ein, wie. Er schaute zu, wie Christian zum Tresen ging, um die Rechnung zu bezahlen, er sah seinen kleinen Hinterkopf und seine breiten Schultern. Bevor Christian sich wieder umgedreht hatte, war Matthias aufgestanden und gegangen. Hinterher kam ihm das unnötig vor, es hätte nicht geschadet, wenn er sich bedankt und anständig verabschiedet hätte. Aber er musste wirklich aufs Klo, und er musste wirklich nach Hause.

7

Es ist beinahe befriedigend zu denken, dass er heute Nacht in einen Graben gefallen und wieder herausgeklettert ist, er hat im Gras übernachtet, fast einen Sonnenaufgang erlebt und sich wahrscheinlich eine dicke Erkältung eingefangen. Das ist doch besser als Arbeiten. Das ist etwas, das man erzählen kann, wenn man am Sonntagabend gefragt wird, wie es war. Andererseits ist es vielleicht auch gerade nichts zum Erzählen. Er hat schließlich keine besonders gute Figur gemacht bei alldem. Und er will Anke nicht verschrecken. Das Ganze kann nach einem Anfall von Unzurechnungsfähigkeit aussehen, wenn man es falsch darstellt. Außerdem: Was – abgesehen vom Runterfallen und Heraufklettern – ist denn erzählbar oder wirklich interessant? Nein, in der Tat, diese vergangenen Stunden in Meran und Umgebung geben keine gute Geschichte ab. Sie geben auch kein gutes Geheimnis ab. Es ist wahrscheinlich am besten, wenn er einfach zurück ins Hotel geht, duscht, sich ausschläft, sich bei der Tagungsleitung angemessen für seinen Ausfall entschuldigt und versucht, wenigstens am letzten Abend noch ein bisschen er selbst zu sein, gekämmt und rasiert bei der Podiumsdiskussion zu erscheinen, sich zu konzentrieren und die Fäden wieder aufzunehmen, die er irgendwo unterwegs (auf der Promenade, auf dem Markt oder in der Nacht) verloren hat.

In unregelmäßigen Abständen kommt er an Büschen vorbei, deren gelbe Blüten wie Honig riechen, er geht dann für einige Schritte in einer unsichtbaren Wolke aus Duft und tritt im Weitergehen aus ihr wieder hinaus. Er ist sich nicht sicher, ob der Geruch ihm gefällt oder ihn nervt, bei jeder Wolke entscheidet er sich neu. Dazwischen riecht es zuweilen streng nach etwas wie chemischem Dünger oder einem Pflanzenschutzmittel. Der Weg ist staubig, er hat von dem Tau entweder nichts abgekriegt oder ist ihn schneller losgeworden als Matthias. Der Staub legt sich auf seine Schuhe, klebt an den Hosenbeinen, die noch immer klamm sind, und gibt sich alle Mühe, ihn wie einen Penner aussehen zu lassen. Er ist inzwischen in Sichtweite des eckigen Turms angekommen, der über Meran steht und Wache hält; wenn er sich recht erinnert, beginnt kurz dahinter der Abstieg auf die Promenade, hinunter zum Fluss und hinein in die Stadt. Direkt auf Augenhöhe befindet sich ein Kirchturm mit einer Uhr. Während er die Augen zusammenkneift, um die Zeit abzulesen, beginnt die Glocke zu schlagen – zweimal, halbe Stunde.

Wie soll man Fäden wieder aufnehmen, wenn man nasse, staubige, zerrissene Hosen hat, wenn einem jeder einzelne Körperteil wehtut (inklusive Herz) und wenn man sich ernsthaft fragen muss, ob diese Nacht eine kleine Randepisode war, eine Entgleisung, die man getrost schnell vergessen kann, oder ob sie das Ergebnis von etwas ist. Etwas, auf das man lange zugesteuert hat, spätestens seit Mittwochabend, als der beste Freund einen im Stich gelassen hat.

Zwei Jogger bleiben stehen, nachdem sie an ihm vorbeigelaufen sind, er spürt ihre Blicke im Rücken und dreht sich um, man muss die Funktion seiner Instinkte gelegentlich überprüfen. Er hat Recht, sie schauen ihn an, reden miteinander, dann, als sie mitbekommen, dass er sich umgedreht hat, joggen sie weiter. Eine ältere Frau mit einem Boxer an der Leine macht einen Schnalzlaut, als er auf gleicher Höhe mit ihr ist. Niemand spricht ihn direkt an. Er bemerkt, dass manche Leute bewusst wegsehen, sie wollen diskret sein, ihn nicht merken lassen, wie anders er aussieht.

Seine Füße fühlen sich geschwollen an. Er schaut einfach nicht mehr auf, wenn er Menschen begegnet, er schaut auf seine Schuhe und ihre stetigen Vorwärtsbewegungen. Vielleicht ist er hier als Kind schon gegangen. Es scheint ja ein beliebter Weg zu sein, der außerdem noch in der Verlängerung zu einem hübschen und durchaus anspruchsvollen Wanderpfad wird (wenigstens, wenn man die Abzweigung nimmt, die er genommen hat). Es ist also nicht unwahrscheinlich, dass er hier gewesen ist, hinter seinen Eltern hergetrottet wie ein braver Hund oder auch vorausgelaufen, mit den Gedanken irgendwo ganz anders, jedenfalls nicht bei der Frage, wie die Luft riecht und wo sie hingehen werden und was es zum Mittag gibt. Dann ist auch Ulla hier entlanggelaufen, vielleicht sogar neben ihm, vielleicht haben sie miteinander geredet, vielleicht hat sie Zöpfe getragen und er eine Lodenjacke, die sie im gleichen Geschäft gekauft haben wie den Trinkhut seines Vaters. Vielleicht geht Katrin Donaubaur mit Gerrit hier entlang, wenn sie frische Luft braucht und Sehnsucht nach weiten Ausblicken hat, der Kleine in einem Buggy, weil die Beine schnell müde werden. Und jetzt schlurft er auf diesem Weg, macht einen Schritt nach dem anderen und ist vor Hunger und Müdigkeit so sediert, dass er diesen möglichen Zusammenhang für bedeutsam hält. Es kommt ihm vor wie eine großartige Erkenntnis, er muss sogar kurz stehen bleiben, um die Feierlichkeit der Sache auszuhalten; alles hängt zusammen, Wege überschneiden sich, man geht sie gemeinsam und alleine und nacheinander, und er ist nicht zufällig hergekommen, es ist in der Tat sogar höchste Zeit für ihn gewesen, er hat ein Kind gerettet (mehr oder weniger), er hat nach vielen Jahren Ullas Stimme in seinem Kopf gehört, er hat Speck für seine Frau gekauft und ist dem tödlichen Biss verirrter Bären entronnen, und an dieser Stelle kommt er wieder zu sich, schüttelt seufzend den Kopf über sich selbst und setzt seinen Weg fort.

Das Abwärtsgehen ist schwieriger als das Gehen auf der Ebene. Auch wenn der Weg sich in einigermaßen gemächlichen Serpentinen nach unten schlängelt, merkt Matthias doch, dass ihm die Körperspannung fehlt, um die Schräge beim Gehen auszugleichen. Mehrmals fällt er beinahe vornüber, später beginnen die Knie heftig zu schmerzen und den Dienst zu verweigern. Bergab schlurfen ist fast unmöglich, man muss die Füße wenigstens ein Stückchen heben. Die Bänke, die am Wegrand stehen, sehen allerdings wenig verlockend aus, sie sehen aus wie Fallen, die jemand ihm stellen will, er fürchtet, dass er, wenn er sich einmal gesetzt hat, für Stunden nicht mehr wird aufstehen können. Er will es wenigstens bis zum Hotel schaffen. Außerdem sind Bänke gefährlich. Er hat genug erlebt fürs Erste, er hat keine Lust auf weitere Bankgeschichten.

Vielleicht hat er mit Ulla vor gut vierzig Jahren hier gesessen, vielleicht haben ihre Eltern ihnen am Ende der Wanderung ein Eis gekauft. Er erinnert sich nicht, aber in jeder Kindheit, egal, ob gelungen oder nicht, gibt es schließlich Eis. Welche Sorte hat sie am liebsten gegessen? Er wünschte in diesem Moment so sehr, er könnte sie anrufen, um sie zu fragen. Ganz egal, wie sie jetzt aussehen würde, ob sie ihre Haare färben würde oder nicht, ob sie alt aussähe oder mit jedem Tag mehr wie Jutta Speidel, ob sie ihren Prinzipien treu geblieben wäre oder nicht, Matthias hat das Gefühl, das alles braucht er nicht zu wissen, um sie wirklich zu kennen. Aber wenn er die Chance hätte, ihr eine einzige Frage zu stellen, dann würde er wissen wollen, welche Eissorte sie als Kind im Urlaub immer gegessen hat.

Es gibt noch mehr Gründe, keine Kinder zu bekommen, als die Angst, sie zu verkorksen oder nicht genug zu lieben, als die Arbeit, die einen ausfüllt und die ganze Person fordert, als die Erfahrung, dass man Kinder einfach nicht versteht, als Vernunft und die atomare Bedrohung. Einer davon ist, dass sie sich eines Tages ohne Vorwarnung von einem Auto überfahren lassen können, und dann zieht man plötzlich genauso ein Vakuum hinter sich her wie in einer Ehe, in der man von vornherein auf Kinder verzichtet hat.

Auf der Promenade haben die Läden schon geöffnet, vor den Cafés sind Tische und Stühle bereits trockengewischt (falls es denn auch hier Tau gegeben hat), die Sonne verbreitet noch immer ein diffuses Licht, kein Geglitzer auf dem Wasser, kein blendendes Aufblitzen in Schaufenstern oder Autoseitenspiegeln, dafür eine großzügig verteilte Helligkeit, die einen blinzeln lässt, trotz verdunkelnder Brille, die den Sturz und die Nacht überraschenderweise unversehrt überstanden hat.

Matthias findet die Einkaufsstraße mit den Gewölben mühelos, auf den Straßenschildern steht es genauso wie über den Gängen selbst: Lauben heißen sie, diese Kreuzgänge, wie hat er das gestern übersehen können. Er bewegt sich an den Schaufenstern entlang, ohne viel zu sehen, und er behält die Sonnenbrille auf, obwohl es in den Laubengängen schummrig ist. Er kommt sich vor wie ein Zombie, nicht zu Ende gestorben, und tatsächlich sehen auch hier die Leute hinter ihm her.

Die Stimmung ist allgemein frisch, die Luft ist gut und unverbraucht, die Wege sind gefegt oder gewässert worden, die Fenster sind geputzt und die Waren neu oder abgestaubt, die Leute sind gerade aufgestanden, haben ein nettes Hotelfrühstück im Magen und machen jetzt einen kleinen Bummel, bevor die Sonne endlich die letzten Wolken auflöst und einen neuen, blanken Tag zaubert für die Zwischensaisontouristen, die Apfelblütenurlauber und die geselligen Psychologen, die hierher gekommen sind, um sich Fortbildungspunkte zu sichern, etwas Neues zu lernen und einmal einen anständigen Kaiserschmarren zu essen.

Er kann sich selber riechen. Den frischen Schweiß und den alten Schweiß und die nasse und zum Teil wieder getrocknete Kleidung, die Erde, das Blut, den Rotz, den Apfel, den Hunger-Atem, den Staub. Bis zum Hotel sind es nur ein paar lächerliche Minuten.

Er weiß jetzt, wie spät es ist (Kirchturmuhr, offene Läden), das Frühstück muss schon vorbei sein, die ersten Arbeitsgruppen haben begonnen, er hat vorgehabt, sich eventuell dort sehen zu lassen, einfach dabeizusitzen und, falls Bedarf bestand, Fragen zu beantworten, ohne sich von selbst einzumischen. Die Arbeitsgruppen haben Themenschwerpunkte und werden morgen Vormittag ihre Ergebnisse präsentieren; solche Sachen sind für ihn immer ein bisschen zu sehr wie Schule, er hat eine Abneigung gegen selbst gemalte Diagramme und Stichwortlisten, und die Atmosphäre in solchen Gruppen erinnert ihn zu sehr an Supervision. Er selbst hat Günther, wenn er Rat oder ein offenes Ohr braucht, sie beide bilden ihre private Supervisionsgruppe. Oder vielleicht hat er ihn auch nicht mehr. Vielleicht zieht Günther demnächst nach Schnelsen oder sonst wohin, wo es gute Schulen und drogenfreie Bolzplätze gibt, vielleicht hat Günther demnächst keinen einzigen Tag in der Woche mehr frei und keinen Abend mehr Zeit, weil er seiner Studentenfreundin den Rücken freihält und sich mit dem Übereifer des Spätbekehrten seiner Vaterrolle widmet, vielleicht hat Matthias demnächst keine Lust mehr, sich mit Günther zu unterhalten.

Vor dem Hoteleingang stehen Hermann Manfred oder Manfred Hermann und Thomas, der Kölner Schweizer, und rauchen. Sie blicken ihm entgegen, er hat die Sonne im Rücken. Sie beobachten ihn lange dabei, wie er sich durch den kleinen Park auf das Gebäude und sie selbst zubewegt, und plötzlich sagt Hermann Manfred seinen Namen, springt auf ihn zu, als hätte ihn etwas gebissen, und packt ihn am Ärmel.

»Gute Güte, wie siehst du denn aus?«

Matthias hält eine Antwort für überflüssig. Hermann Manfred schiebt ihn vorwärts, bis sie vor dem Schweizer stehen, der erst dann begreift, wen er da vor sich hat.

»Gute Güte«, sagt er ebenfalls. Wo haben sie bloß diesen Ausdruck her? Sagt man so etwas in Köln?

»Geht es dir gut?«, fragt Hermann Manfred. Wenn er als Therapeut ähnlich sensibel ist, braucht er weiß Gott eine Fortbildung.

»Na klar«, sagt Matthias. »Nur ein bisschen müde. Hab draußen übernachtet.«

»Das sieht man«, sagt Thomas, der Schweizer, und Matthias fragt sich, ob die beiden ihn veralbern wollen.

»Ich geh duschen«, sagt er und versucht, an ihnen vorbeizukommen. Seine Stimme klingt brüchig, als sei er derjenige, der gerade geraucht hat. Er schaut die beiden an, ihre Frisuren, ihre Sakkos und Oberhemden und Bundfaltenhosen, ihre sauberen Schuhe, ihre rasierten Gesichter, der eine ist jünger, aber es ist nur eine Frage der Zeit, bis er ebenso viele Falten haben wird wie der andere. Sie werfen ihre Zigaretten auf den Boden und treten sie aus, um die Hände frei zu haben oder weil es ihnen plötzlich unschicklich erscheint, in seiner Gegenwart zu rauchen; Matthias bemerkt die Farben ihrer Kleidung, sie sind aufeinander abgestimmt und zurückhaltend, Blau und Grau und Braun und Schwarz, dazwischen ein paar Farbtupfer, ein rotes T-Shirt, das am offenen Kragen unter dem Hemd herausguckt, ein kleines, unauffälliges Muster in Gelb und Grün im Futter des Sakkos. Alles passt so gut zusammen, sieht so richtig aus, so durchdacht und jenseits jedes Zufalls. Dazu die besorgten, Anteil nehmenden Blicke, die Neugier dahinter auf das, was sie für eine interessante Geschichte halten, für seine Geschichte, er erkennt ihn sofort, ihren Impuls zu helfen und die gleichzeitig einsetzende Erleichterung, dass sie es alles in allem anscheinend doch besser getroffen haben als er. Es wird tatsächlich nicht so leicht sein, die Fäden wieder aufzunehmen und sich zurückzuverwandeln in einen von ihnen.

»Ich geh duschen«, sagt er noch einmal. Diesmal wird er den Aufzug nehmen, er hat gerade gar keine Lust auf Treppen. Die beiden gucken. Vielleicht sagen sie auch etwas, das er nicht mitbekommt. »Macht euch keine Sorgen«, sagt er. »Mit mir ist alles in Ordnung. Echt. Mir geht es gut. Raucht weiter.«

Der Schweizer sagt: »Wir müssen sowieso wieder rein. Falls du uns nachher suchst, wir sind im ›Ifinger‹.«

Hermann Manfred sagt: »Deine Frau ist hier.«

8

Matthias betritt die Bar, an der er gestern zweimal vorbeigekommen ist, und sieht erst einmal wenig, weil es drinnen viel dunkler ist und seine Augen sich umstellen müssen (die Sonnenbrille hat er eingesteckt). Er bemerkt die Bewegung, als Anke aufsteht, dann erkennt er sie, während sie auf ihn zueilt. Sie bleibt vor ihm stehen und traut sich nicht, ihn zu umarmen oder zu küssen oder überhaupt auch nur anzufassen. Sie sieht anders aus, als er sie in Erinnerung hat, vielleicht liegt es nur am Licht, älter sieht sie aus, rundlicher, weicher, wenn er an sie dachte, bestand sie zum größten Teil aus vertikalen Linien, jetzt, direkt vor ihm, ist viel mehr an ihr horizontal. Er fühlt sich so müde und erleichtert, dass er aufpassen muss, nicht in den Knien wegzusacken. Genau danach ist ihm gerade: Wegsacken und sich auffangen lassen, Anke soll ihn festhalten und wieder auf die Beine stellen und ihm sagen: Reiß dich zusammen, Matthias, du bist doch keine Südstaatenschönheit mit Schnürmieder.

Ihr Gesicht drückt ein Gefühl aus, das ihn befürchten lässt, sie werde gleich ebenfalls »Gute Güte« sagen.

»Grüß Gott«, sagt er. Einen Moment lang starrt sie

ihn ungläubig an, dann schüttelt sie langsam den Kopf und lacht leise.

»Komm mit«, sagt sie. »Wir besorgen dir erst mal einen Kaffee. Du siehst ja aus wie der Ritter von der traurigen Gestalt.«

Er folgt ihr an ihren Tisch, sie setzen sich einander gegenüber, Anke macht dem Menschen hinter der Bar ein Zeichen. Sie zeigt auf ihre leere Tasse und hebt zwei Finger. Dann fängt sie an zu reden.

Er streckt die Beine von sich, er würde gerne seine Schuhe ausziehen, aber er vermutet, dass seine Füße noch mehr miefen als sein restlicher Körper. Es fühlt sich unendlich gut an zu sitzen. Schwindel überkommt ihn, er schwankt von einer Seite zur anderen wie ein Schiff, dann fängt er sich und entlässt ein seltsames Krächzen aus seiner Kehle, das eigentlich ein ganz konventioneller Seufzer hätte werden sollen.

Der Barmann bringt ihnen Espresso an den Tisch. Sie sind die einzigen Gäste, er hat Muße, er nutzt die Gelegenheit, um sie beide zu mustern. Die Zeit vergeht eigenartig schnell, Matthias kommt nicht recht hinterher. Wie kann man so schnell Kaffee machen, wie kann man so schnell reden wie Anke, die ihm erzählt, wie sie hergekommen ist, als hätte er sie danach gefragt, ob sie eine gute Reise gehabt habe, womöglich hat er das sogar. Natürlich zittern seine Hände, als er das Tässchen hochnimmt, es klirrt beim Absetzen, er trinkt und schluckt und wischt sich über den Mund, weil er Angst hat, dass ihm Speichel aus den Mundwinkeln laufen könnte, er merkt die klamme Feuchtigkeit seiner Hose an den Oberschenkeln, wann hat er das letzte Mal gepinkelt, ist das alles wirklich nur Tau gewesen, er fühlt sich wie ein alter Tattergreis, der einer nachsichtigen, routinierten Altenpflegerin gegenübersitzt, die ununterbrochen redet, um ihn nicht merken zu lassen, wie unzumutbar er ist. Aber dann beginnt der Kaffee zu wirken. Er merkt die Wärme in der Speiseröhre und im Magen. Er merkt das Koffein im Blut. Er merkt, dass er Durst hat und Hunger, er muss gähnen, Gott sei Dank weitgehend geräuschlos, dabei knackt es in seinen Ohren wie nach dem Auftauchen im Schwimmbad.

Anke ist gestern am Nachmittag von einem Termin zurück ins Büro gekommen. Als sie seine beruhigenden Worte auf dem Anrufbeantworter hörte, ging sie vor Sorge fast in die Luft. Sie hatte sich selbstverständlich gewundert, warum von ihm bisher keine Nachricht gekommen war, hatte dann aber beschlossen, dass er seine Gründe hätte und sie abwarten wolle. Als sie dann hörte, dass es ihm gut ging, gut, gut und noch mal gut (das Wetter, die Reise), packte sie die nackte Angst. Mit ihm war ja wohl etwas ganz und gar nicht in Ordnung. Ihr fiel ein, dass er schon bei der Abfahrt so komisch gewesen war. Sie fuhr, ohne zu zögern, zum Flughafen, nahm einen Flieger nach München und von dort einen Zug. Sie hätte in München warten können, dann hätte sie am Morgen eine durchgehende Verbindung bekommen. Aber sie wollte nicht warten. Sie nahm einfach den nächstbesten Zug. Dreimal umsteigen, mitten in der Nacht, am Pass schneite es, Ankunft am Morgen in Meran, der Sonnenaufgang vom Zugfenster aus, die vielen

Apfelblüten. Alles war so friedlich, so idyllisch, so hübsch und sauber, alles war so gut, das Wetter, die Landschaft, dass ihr der Verdacht kam, sie könnte überreagiert haben und sich auf ganzer Linie lächerlich machen, wenn sie ihn im Hotel überraschte. Sie war so müde. Die Fahrt war unmöglich gewesen. Sie hatte so gut wie gar nicht geschlafen.

»Und dann das leere Zimmer«, sagt sie. Eine ausgesprochen kulante (oder auch indiskrete) Rezeptionistin hatte ihr eine Schlüsselkarte beschafft, sie sah das ordentlich gemachte Bett, das zur Seite geräumte Matthias-Chaos, und hoffte, er sei beim Frühstück und das Zimmermädchen sei zufällig in seinem Zimmer als Erstes gewesen. Sie schaute in den Esssaal, sah ihn nicht, wartete in der Lobby, bis die Tagungsteilnehmer herausquollen und fragte laut: »Matthias? Matthias Harms?«

Sie rührt ihren Espresso nicht an. »Ich hab versucht, ruhig zu bleiben, aber als dieser Typ, dieser Kollege von dir mit dem komischen Namen, zu mir kam und mir erzählte, du hättest gestern schon deinen Vortrag nicht gehalten und niemand wisse, wo du bist, da wäre ich beinahe ausgerastet.«

»Das hat er gesagt?«, fragt Matthias. Seine Stimme klingt schon besser.

»Ja, hat er. Aber ein anderer hat sich eingemischt und gesagt, er hätte dich gestern gesehen, du seist ziemlich abgespannt gewesen und eben früh ins Bett gegangen, ich solle noch ein bisschen warten mit meiner Panik, dir noch eine Chance geben, von selbst zurückzukommen und alles zu erklären, bevor ich die Hubschrauber und die Hunde mit den Rumfässern um den Hals losschicke. Wer so früh schlafen geht wie du, wacht natürlich früh auf, vielleicht machst du einen Spaziergang und isst irgendwo anders Frühstück, weil es im Hotel noch nichts gebe, all so was. Einer hat vorgeschlagen, ich soll erst mal einen Kaffee trinken. Ich bin dann hierher gegangen und habe die ganze Zeit auf den Eingang zum Hotelgelände gestarrt, bis ich mir doof vorgekommen bin. Dann habe ich extra nicht mehr hingeguckt.«

»Ich brauche ein Glas Wasser«, sagt Matthias.

Anke steht auf und geht zum Tresen. Auf der Straße fährt eine Vespa vorbei, darauf ein Verkehrspolizist. Matthias schaut sich seine Frau an, ihren geraden Rücken, ihr strubbeliges Apfelschimmelhaar, er hört ihre Stimme, als sie Wasser für ihn bestellt, ihre klaren Sätze, ihre eindeutigen Gesten.

Sie hatten einmal ein Foto, eines von denen, die er von seinen Eltern erbeten hatte, um Anke mit ein paar Bildern von Ulla zu versorgen. Anke hielt es für speziell und steckte es in einen Wechselrahmen, hängte es aber natürlich nicht auf. Anke mochte das Bild, weil Ulla darauf so besonders aussah. Es war ein Foto von irgendeiner Familienfeier, einer Konfirmation oder einer Hochzeit, jedenfalls waren alle sehr gut angezogen. Ein gestelltes Gruppenbild, seine Mutter war darauf, seine Großmutter, Ulla, zwei Cousinen, eine Tante und eine Großtante. Alle lachten und schauten in die Kamera, eine Cousine hatte die Augen geschlossen; er sah sofort, was Anke an dem Bild so gefiel: Ulla sah anders aus als alle anderen, obwohl sie weder auffällig angezogen noch besonders hübsch war und obwohl sie genau das machte, was alle machten, lächeln und gucken. Sie mochte achtzehn oder neunzehn gewesen sein, und sie strahlte eine Vitalität aus, die die Frauen um sie herum mühelos in den Schatten stellte. Sie wirkte wie die Besucherin eines Wachsfigurenkabinetts, die sich vor ein paar Exponaten fotografieren lässt. Anke hatte das Gefühl, durch dieses Bild etwas über Ulla zu erfahren, deshalb rahmte sie es. Er dagegen erinnert sich an das Foto vor allem deshalb, weil Anke es ihm damals zeigte und dabei sagte: »Guck mal, das waren die Frauen in deinem Leben, bevor ich aufgetaucht bin.«

Anke kommt an den Tisch zurück und stellt ein Wasserglas vor ihn hin. Sie kippt sprudelndes Mineralwasser aus einer Flasche hinein und sieht ihm dabei zu, wie er es trinkt. Er hört seine eigenen Schluckgeräusche, das Wasser ist zu kalt und zu prickelnd, um es schnell zu trinken, aber es tut ihm gut. Anke setzt sich wieder. Sie streckt ihre Hand aus, um seine Hand zu berühren, überlegt es sich aber auf halber Strecke anders und fängt an, mit ihrer Espressotasse zu spielen. Vielleicht hat er ihre Bewegung auch falsch interpretiert.

»Du warst so komisch am letzten Abend«, sagt sie. »Und dann, als ich vorhin das Zimmer mit dem unbenutzten Bett gesehen habe, hatte ich auf einmal Angst, du hast – wie soll ich sagen – woanders übernachtet.«

Er muss lächeln, es fühlt sich ungewohnt an in seinem Gesicht, und er weiß, dass er jetzt dran ist mit Erzählen. Ihm ist auch tatsächlich danach, eine kleine

Rede zu halten. Darüber, dass er es kaum fassen kann, dass sie hierher gekommen ist, dass er nicht begreifen kann, woher sie ihn so gut kennt, denn er kennt sie überhaupt nicht, nach zwei Jahrzehnten Ehe kennt er sie überhaupt nicht, er versteht sie nicht, er weiß nicht, was sie sich wünscht und womit er sie enttäuscht, er hat diesen ganzen Unfug nie geglaubt, dass Menschen, die einander lieben, einander klarer sehen können als andere. Das Gegenteil ist der Fall. Aber er hat doch angenommen, dass er mehr verstehen könnte von dem, was in ihr vorgeht. Er will sie so vieles fragen. Ist sie zufrieden, will sie alles genau so, wie es ist, ist sie neidisch auf Günther, kann sie ihm – Matthias – verzeihen, oder ist da gar nichts zu verzeihen, woher kennt sie ihn so gut, wieso wusste sie, dass er einen Apfel brauchen würde? Aber dies ist nicht der Moment dafür. Sie brauchen eine Dusche und etwas zu essen. Sie haben beide in der vergangenen Nacht kaum geschlafen.

Er sieht seine Frau an. Jemand kommt durch die Tür in die Bar und bestellt ein belegtes Brötchen, die Espressomaschine zischt, vor dem Fenster watschelt ein altes Paar in gleichfarbigen Anoraks vorbei. Anke fährt sich durch die Haare und dreht an ihrer Tasse und hat den Mund ein wenig offen stehen, als hätte sie etwas nicht zu Ende gesprochen.

»Ich bin wirklich froh, dass du hier bist«, sagt er.

Sie sieht überrascht aus. Sie beugt sich vor, um ihm besser ins Gesicht sehen zu können. Vielleicht will sie prüfen, ob er es ernst meint. Schließlich fängt sie an zu lachen und sagt: »Dann ist ja gut.«

Zwei Schwestern, zwei Leben.

* Cover- und Preisänderungen vorbehalten

Mareike Krügel

Schwester

Roman

Piper, 336 Seiten
€ 22,00 [D], € 22,70 [A]*
ISBN 978-3-492-05856-8

Nach einem Unfall liegt Lone im Koma. Und in der Not übernimmt ihre Schwester Iulia ihre Aufgaben als Hebamme. Während sie in Lones Rolle schlüpft, beginnt sie auch über ihre Familie nachzudenken und die Männer, über gegenseitiges Vertrauen und die gemeinsamen Erlebnisse. Und immer drängender fragt sie sich, welches Leben sie selbst eigentlich seit Jahren führt.

PIPER

Leseproben, E-Books und mehr unter www.piper.de